走过心的荒原

◉ 钟愧傲 著

成都时代出版社
CHENGDU TIMES PRESS

图书在版编目（CIP）数据

走过心的荒原 / 钟愧傲著. — 成都：成都时代出版社, 2023.1

ISBN 978-7-5464-2984-7

Ⅰ. ①走… Ⅱ. ①钟… Ⅲ. ①长篇小说－中国－当代 Ⅳ. ① I247.5

中国版本图书馆CIP数据核字（2022）第 027879 号

走过心的荒原
ZOUGUO XIN DE HUANGYUAN

钟愧傲　著

出 品 人　达　海
责任编辑　兰晓鋬鋬
责任校对　蒲　迪
责任印制　车　夫
装帧设计　悟阅文化

出版发行　成都时代出版社
电　　话　（028）86742352（编辑部）
　　　　　（028）86763285（市场营销部）
印　　刷　成都市兴雅致印务有限责任公司
开　　本　880 mm×1230 mm　1/32
印　　张　5.5
字　　数　140千
版　　次　2023年1月第1版
印　　次　2023年1月第1次印刷
书　　号　ISBN 978-7-5464-2984-7
定　　价　69.00元

前　言

　　小说《走过心的荒原》是五部校园系列小说（《我就是那个奇葩》《走过心的荒原》《抹不去的记忆》《人性的弱点》《红尘遗梦》）中的第二部，用现实生活中的冲突情节、虚构的魔幻故事，撕裂人性的弱点，打破教育体制中的樊篱，带来一丝丝新锐的感受与思考。

　　本书以商城中学七年级八班的马小宇、叶梦琪与丁努努这三人为主人公，正是因为他们热心助人，聪明善良，处处为别人着想，被誉"校园三侠"。小说展示他们学生时代的学习和生活中多姿多彩的经历，将有意义的校园生活演绎出来。

　　小说采用童话与蒙太奇相结合的表现手法。马小宇三人在拯救杜大伟的多次故事演绎中，乘坐由新锐研究所首席专家马明起博士发明的梦想飞船，借助特殊的机遇，进入杜大伟的生活情境，采用类似倒带与快进一样的方式，找准问题发生的节点，解析造成不幸遭遇的原因。

小说采用了魔幻现实主义表现手法。设想进入梦幻的特定情境，模拟现实生活该有的状态，于是出现了另一个虚构的社会形态。在纳米医药科技的干预下，人们的预期寿命大大增长，随处可见百岁以上的长寿老人，但也因此导致生育率下降，小孩一度成为稀缺的珍宝，学校更是生源锐减……可见科学发明是一柄双刃剑，用好了可以造福人类，没有用好就会贻害无穷。

　　本书中重点改造的同学杜大伟，因为父母经常吵架，家庭环境不和谐，没有人在乎他的成长，社会中的人也将他当作可以任意凌辱的对象。如此灰暗的人生，消沉的心理，造就了他不健康的人格；如此不和谐的成长环境，使校园三侠也感受到改变现状的无力。

　　在杜大伟人生处于不受待见的低谷，校园三侠通过冷静的分析，找出问题的症结，用朋友的温情和热忱，拯救了一个灵魂，使他在无影灯下将善良与朴实展现出来，最后成就自己的梦想。将此事件层层剖析，也将问题与矛盾在现实的推进中得到最好的调适，这是本部小说最能激励人前进的主题。

　　在时代的风云变幻中，他们看到了如果不按自然发展规律办事，肆意打破现状，人们势必会受到惩罚，最终只会收获用眼泪酿造出来的苦酒；而遵循自然规律，适时调整，让一切朝着预期的目标前进，世界才会更加和谐美丽。

　　从现在看到未来商城的变化，他们感受到只有与时俱进、科教兴国、开拓创新，才能实现逐步繁荣，这是多么有用的借鉴。

目录

生活变奏

　　风和日丽，又是一个出游的好日子。在风景秀丽的商城市人民公园里，游人如织，怡然自得，不时从里面传来人们快乐的笑声。

　　蓝天幼儿园的小朋友在温柔而漂亮的女老师带领下，来公园开展实践活动。在休息的空档时间，为了调动孩子们的兴趣，这不，老师正在公园的平地上，带着孩子们玩着老鹰抓小鸡的游戏。谁要是被老鹰抓住，这个小倒霉蛋就必须表演节目，不少小朋友为了不让自己被抓住，就拼命地跑啊跳啊，将活泼的天性发挥到了极致，将自己的快乐传播得很远很远。小朋友们的可爱同时吸引着很多过往的行人，他们眼光中流露出羡慕，更多的是快乐，不知他们记忆中的童年是否也如此开心，如此天真无邪。其中有一个特别的小男孩正看得津津有味，他也被小朋友们逗得不时哈哈大笑。

　　这个小男孩不是别人，他名叫杜大伟，是商城中学七年级八班的一个问题学生，他今天一个人又偷跑出来没有去上学，这已经是他读书生涯中的常事。因为老师在昨天的课堂上批评了他，说他不该违反组织纪律，经常一个人擅自离开学校，跟随社会上的闲散人员到外面去疯玩。缺少自律的他十分反感老师的做法，这不，一向比较自由散漫的他，瞧准今天班主任有事请假之机，班级中又没有一个人想管他的闲事，因此他就乐得在公园四处游逛了。

正当他玩得自在之时，有两个小青年老早就注意到他，观察发现杜大伟没有同伴，看着就他一个愣头小子在此傻笑，这可正是他们捉弄的对象，决定好好拿他取乐消遣一下。其中一个笑嘻嘻地走近杜大伟，套近乎地说："喂，你好！小同学，我们是星海剧院的魔术演员，看你好聪明的，想不想跟我们学习玩魔术？"

杜大伟一听是耍魔术的，早已看厌了幼儿园小朋友重复玩老鹰抓小鸡游戏的他，两眼一亮，兴致大增，马上就要求这两个哥哥表演魔术给他看。

这两个小青年看到杜大伟这么容易就上钩了，十分高兴，其中一个人就给他开始玩白纸变钱的魔术——趁他不注意，将一张钞票折得很小，藏在一张白纸下面，慢慢玩手法就将钞票变了出来。

杜大伟目不转睛地看着，不知他们是用了什么法术，真神奇，明明一张白纸，在他手中稍微折腾几下子，突然就变出一张10元面额的真钞来，他拿着这张钞票不停地观察，认真仔细地比对，一点也不假，是一张真钱。这可是在眼皮子底下操作，一下子就变出来的，真是个发财的好机会。这下可把大伟的好奇心调动起来了，完全放松了对陌生人的警惕，反而将他俩当作是好心帮他的大哥，缠着他俩一定要教他变魔术。

为了不使他们对自己失去兴致，一向"有点二"的杜大伟，搜出身上仅有的几张10元面额钞票对他们说："只要你能把纸变钞票的魔术教会我，我就将身上所有的钱都给你们，行不行？"

这两人一看，这可真是个傻小子，他可真是容易上钩，手中那把钞票少说也有七八十，现在手头正紧，何不想个法子将钱骗过来。

他们心中一阵暗喜，碰到这个小子，这可是天上掉馅饼的好事，不要白不要。打定主意，刚才耍过魔术的小个子青年就故作神秘地说："这可不是任何人想学就能学到的，要是都这么容易学会了，人们就都去这样变钱玩了，就不会去努力工作，国家的钱就会全部进了私人的腰包，对不对！"

"对对对！"杜大伟已经失去了分辨好坏的理智，头像啄米鸡一样不断地点着。

这两个人对看了一眼，会心地一笑——又一个人上钩了。其中一个人继续忽悠他说："看在你这样虔诚的份上，我们答应给你传授纸变现钱的法宝，不过，你一定要交保密费，保证不外传学到的本领，同时又要做到是自愿要求学本领，而不是说我们骗你，这样我们才会教你，要不，我们可不能让自己的饭碗在你这儿被砸了，你能不能答应做到这些？"

杜大伟学本领心切，心甘情愿地说："我愿意保密，绝对不外传，更不会说是自己被人骗了。"

听大伟如此坚决地表态，这两个小青年放心了，就开始手把手地教他玩起来，教到一半他们发现周围有人走过，拿眼睛瞟了别人一下之后，他们停下来，不再做讲解示范了，好像生怕别人学去这项秘技似的。

过了好一阵，人不但没少反而增加了不少，已经影响到他们蒙骗大伟，但为了继续实现这个没有完成的骗局，他们环视了一下四周，带着神秘的语气对杜大伟说："你看，这儿比较嘈杂，你花钱，别人也会学去我们的绝技，很不合算，我们不如找一个比较安全、比较僻静的地方继续教你玩魔术，别让没有付学费的人白白学会了这个神奇的魔术，好不好？"

杜大伟一想，也对，自己花钱学魔术，要是让没有付钱的人跟着学会了，那自己就会得不到好处，自己单个人学，学会了，可以变很多很多的钱，那真是太好了。他点了点头，于是就跟着他们往前面走，很快就拐出了公园人多热闹的地方。

真是无巧不成书，他们离开这人多嘴杂的地方，进入前面花枝掩映的桂花树林，这一幕刚好被杜大伟的同班同学看到了。原来马小宇与他的好朋友丁努努和叶梦琪三人相约放学后到马明起博士家去看他的新发明，离人民公园不远处就是马博士的家。

偶然之间看到前面不远处，本班今天没有来上学的杜大伟同学，被两个小青年裹挟着向一个僻静地方走去，他们十分不解，为什么杜大伟会在这个地方，这是干什么，该不是遭到了坏人的绑架吧？如果是，看来今天的杜大伟肯定要吃亏，侠肝义胆的他们，心里不由生出一份匡扶正义的血性，可不能眼睁睁看着本班同学受人欺负。

一向比较性急的马小宇准备冲出去解救大伟，努努劝住他说："他们在明处，我们在暗处，先不要急，等一下，看看他们到底要做什么？到时如果有事就可以出其不意地救他，岂不更好！"

马小宇冷静下来一想，也是，现在贸然出手，还不知他们葫芦里到底卖的是什么药，要是头脑发热，一时冲动反而会将事情办砸的。

于是他们三人决定，先弄清情况再说。他们三人在学校一贯好打抱不平，锄强扶弱，被本校的同学称为"校园三侠"，这可不是浪得虚名的称号。

今天碰上了逃学的杜大伟被他人绑架拉到了无人处，等待杜大伟的不知是福还是祸，他们心想不能让本班的同学吃亏，这也正是他们大显身手的时刻。但凡事也要讲究策略，为了不打草惊蛇，他们选择先隐蔽自己，在暗处慢慢尾随杜大伟一行人。

看到林大伟等三人停在一个地方之后，校园三侠就隐蔽在一个他们看不见的地方，静静地观看事态的进展。

且说这两个小青年可能是受到刚才游人的干扰，眼看自己的好事将成，但喜欢多管闲事、吃饱了撑的人太多，无端使他们的计划落空，于是决定快刀斩乱麻，一到无人处就眼露凶光，将刚才那一套和蔼可亲的伪装收敛起来。

看到这儿，马小宇实在是忍无可忍，怒不可遏地大喝一声："住手！"

"校园三侠"从被遮蔽的绿篱笆中像神兵天降一样出现在他们面前。

这时轮到小青年傻眼了，经此突然一吓，非常心虚的他们心里无端生出一种畏惧感。

但乍一看，对他们大声呵斥的不过是几个小屁孩，他们很快就镇静下来。他们想，不如顺带着好好教训一下这些个学生，让他们记住什么是江湖险恶。但转念一想，现在他们只有两人，而那边加上这个小孩就有四人了，不知自己有没有胜算。好汉不吃眼前亏，狡猾的他们马上改变了策略，转身杜大伟说："小朋友，我们这样做是与你闹着玩的，刚才的魔术出了一点小问题，等一下再给你演示，现在我们有点事，不能表演了，我们要先走了。"

这两个青年说完就脚底抹油溜之大吉。小宇看到他们没有骗到钱，大伟又没有吃亏，正所谓穷寇勿追，也就没有采取进一步的行动去追他们，让这两个坏蛋灰溜溜地逃走了。

这时，杜大伟看到小宇他们十分高兴。在转危为安之后，杜大伟的头脑也一下子清醒过来，发现那两个人是骗子，打着表演魔术的幌子骗人钱财。幸亏马小宇他们三人及时出现，才使自己没有受到伤害，要不今天肯定会吃大亏，因此杜大伟对他们也是一脸感激。

马小宇对杜大伟说："以后可不能再随便相信社会上一些人的瞎说了，更不能一个人随便旷课，在外面东游西荡，这样对自己没有好处，大伟你说对吗？"

大伟点点头，向他们道了谢，然后就拐向一条岔道自己走了。

马小宇与努努、梦琪三人目送杜大伟走出了公园，汇入了来公园休闲的人群之中，才放心地冲着杜大伟的背影笑了。

叶梦琪看着杜大伟远去的背影，叹着气说："不知大伟以后怎样生活呀。"

"是呀，在家庭中父母太不关注他，如此让他在社会上放任自流，不知将来他的人生会向哪个方向发展。"丁努努接过叶梦琪的话补充。

马小宇点点头："现在，像他这样的人真不少。"他停了停又接着说，"比如像杜大伟这样的家庭，父母经常吵架，缺少家庭温暖，让大伟在家没有安全感，在学校又不受老师和同学的欢迎，没有可以让他容身的缓冲空间，你们说，这样的人不变成问题学生才怪呢！"

梦琪同意他的观点。小宇继续心事重重地说："以前我就像杜大伟一样，经过了炼狱一般的心路历程，幸亏有疼爱自己的父母，有意外的康复经历，有经常鼓励自己进步的好朋友，自己没有倒下、没有被抛弃，才使自己噩梦一般的人生磨难早早结束了。"

一向比较沉着，有良好家庭教育背景的努努赞许地点点头。他是校园三侠中最幸运的人，爸爸是商城理工大学的资深教授，妈妈是政府的公务员，因此从这样高水平有教养家庭出来的他，总有与一般同学不一样的观点，他以自己十分睿智的话语吸引着马小宇他们，他说："如果不采取措施对他们加以良好引导，怎么能使社会走向文明与和谐呢！这可是一道难题呀！"

不知不觉他们已经耽搁了时间，连他们今天要去干什么都差点忘记了。

走过一条街道，进入了繁华的城市中心，他们一边欣喜地看着沿街的热闹景象，一边还在激烈地谈论着关于杜大伟的话题，当然他们还是不能与丁努努相比，他可是深受父母良好教育熏陶过的，有这么多新观点，有敏锐洞察一切的理解能力，这是马小宇与叶梦琪他们俩不可企及的地方。

正好赶上下班的高峰，街道上车水马龙，共享单车拼命地在各种空档路间快速划过，行色匆匆的各色男女，将一张张十分疲惫的脸在"校园三侠"面前一晃而过。这是一个充满压力的社会，每年的大学毕业生如潮水般涌来，加之各种智能机器人开始进入流水线作业，工作压力无形中变成人们生活中的不可承受之重，人们为珍惜每一份来之不易的工作，为了不被炒鱿鱼，只有拼命工作。

没有烦琐事物拖累的马小宇他们三人，面对行色匆匆的下班人流，此时完全弄不懂大人的心情，只顾乐哉优哉地向前慢慢游走着。

突然，前面不远处一阵骚乱，发生了什么事情？他们对这些突发事件充满了好奇，定睛一看，才发现有好多人在排队抢购物品，这家商店的生意真是火爆。喜欢凑热闹的他们也快步跑向那家商店，想弄清楚到底是在销售什么商品。

走近一看，原来是一家专门销售保健品的药店，什么药这样走俏，这可逃不过马小宇三人锐利的眼睛，因为他们对任何事都想一探究竟，都想弄个水落石出。

今天提前放学，他们看看时间还早，决定进去看看卖的是哪类保健品，可得好好研究一下商品的流向。调查社会情况、开展实践活动，这也是学习的延伸，是另一种有趣的学习。

他们从不卖药的窗口挤进去，听到有的人在喊"我买感冒类的"，"请给我拿专治高血压的"。搞了半天，小宇他们才发现人们正在抢购各类纳米机器人医生，白天没有时间购买，不少上班族只好利用下班时间购买作为储备，以备不时之需。

对于纳米机器人医生，他们三人可以说是十分有感情的，这可是马小宇他爸爸马知欢与马明起博士的心血，就是前不久研究出来的最新科研成果。新纳米医药科技开始进入寻常百姓家，为人们的生活带来了无穷无尽的好处，三人看着这一切都感到十分的欣慰，这可是一项造福人类的最新科研成果啊！

梦想飞船

时间过得真快，夜幕已经悄悄降临，马小宇与丁努努、叶梦琪三人沿路看着热闹，在药店门前排队购买高科技药品的人群还在增加，连工作人员催了几次都没有将人群冲乱。他们只好看着人们，不停地摇头，工作太紧张，人们实在没有空余时间在白天购买，因此药店不得不想办法来延长晚上的营业时间，以便为上班族服务。

此时的大街上，街灯已经次第亮起，犹如不停地眨着眼的星星，给这个新兴迷人的城市蒙上了一层美丽而又繁华的面纱。

因一时贪玩，马小宇他们三人差点忘记了，今天还要去马博士那儿去看新研究出来的发明，尽管时间已晚，但好奇心促使他们不想放弃，再加之他们没有看过，也不知到底是一个什么新鲜玩意儿，好想一睹为快。

时光匆匆，不能再耽误了，他们只好加快脚步，不再朝热闹的街市上东张西望，通过一段路程之后，等他们走到马博士的家里时，外面早已经是万家灯火，热闹的街道都变成了灯光的海洋。

这时，他们吐了一下舌头，时间不早了，这就是贪玩的结果，差点儿正事都没有办好。

马明起博士研制出的新纳智能软件，通过了国家科技及医药部门的验收，被一致认为大有开发潜力，若实践证明没有任何副作用，那就可以在全国普遍推广。因此现在获准大批量去生产纳米机器人医生，在商城首先进行试点。这样一来，商城人民近水楼台先得月，可以充分享受到现代科学带给他们的便利，于是就出现了刚才抢购异常火爆的一幕。

这种被称为纳米机器人的智慧型医生，可以像解答问题一样解开人体的生命密码，纳米机器人被激发能量之后，只需要通过简单方便的注射，把导流液体注射进人的身体之后，它们就可以给人体进行没有创口的健康治疗，使医学中的一些疑难杂症都变得简单起来，通过治疗，人类的寿命能够实现有限延长，因此挽救了不少濒临绝境的病人。

此类纳米机器人医生最大的好处是，它可以携带药物，让人们进行保守性的保健养生。总之它的好处不是一时可以说尽的。因此马博士的新科研成果，一时也成为不少人虎视眈眈的谋夺之物，诱发了一些商业巨头与阴险分子的不良企图，但在国家采取特殊的保护措施之后，他们的不良企图都一个个走向破灭，没有让任何一个破坏分子的阴谋得逞，这也是让人十分欣慰的事情。

毕竟这种高科技产品并不是简单可仿造的东西，技术含量极高，不是简单复制就可以的，这也给产品提供了安全保障。

尽管不少人挖空心思想据该产品技术为己有，甚至国外一些不法机构，曾经窃取到生命密码的软件，但他们由于没有得到核心机密，没有掌握最主要的技术，因此他们的阴谋没有得逞。

产品在高度保密的生产车间生产，人们暂时还是不能彻底弄清生命密码的生产流程，这可是被列为国家高科技的头号机密。

马博士约马小宇来家中看自己的新发明，可早过了放学时间，却一直没有看到小宇的到来。他等得有点不耐烦了，心想这个贪玩的孩子不知野到哪儿去了，今天肯定不记得要来看新鲜东西了。他笑了一下，不管马小宇了，自己先去散散心，活动活动一下，于是关上门，一个人就到外面溜达去了。

马小宇他们赶到博士爷爷的小院子前，用稚嫩的童声，甜甜地叫了几声"马爷爷"，好久都没有听到回声。小宇他们感到非常奇怪，说好了在家等他们的，怎么看不到人影。看来马爷爷不在房间里，他自言自语地说："这个马爷爷记性真差。马爷爷这个时候到哪儿去了呢？"

时间已晚，不能再等了，梦琪也在边上埋怨说："我们不该在街上逗留太久，博士可能等不及了，有事出去了。"

"那现在怎么办？"努努也有点着急起来。

小宇安慰他俩说："不用急，我们先进去或许可以得到答案，总比待在屋外等要好些。"三人决定，只有先进屋里看看再说。

三人轻轻一推前门，门就自动开了，原来门并没有锁上。他们进入博士的家中，生活没有条理的博士，家中一片狼藉，房间里乱七八糟的，什么都没有整理好，衣服扔得到处都是，各种电器元件也是满地都有。走进里面的房间一看，除放了电脑的那间稍微整齐一点外，在左边的房子里还用布罩着一个比较大的物体，因为体积比较大，与以往所提到的软件类东西根本挂不上钩，因此他们三人都没有注意到那个东西的存在，在这几间房子中找了一遍，人倒是没找到，新鲜玩意儿也没见到，四处乱七八糟的，没有一间是让人看着舒服的。

　　他们三人看了这一幕，都为博士爷爷一个人单调的生活感到心痛，小宇知道马爷爷以前的痛苦人生，儿子因病过早离开人世，老伴也因受不了打击，很早就撒手人寰。

　　人世间的所有不幸他基本上都经历过了，好在马爷爷找到了另一种精神寄托，那就是他所热心的科学研究。他将毕生的心血全部都投到科学研究之上，才使自己不凡的人生得以继续散发光芒。

　　梦琪小心地每向前走一步，就为博士收拾起乱扔在地上的东西来，努努看了也跟着做起来。小宇因为来过这儿多次，他知道收拾也没用，这儿就是整理得再好，反正不用多久，一样又会凌乱不堪的，毕竟博士会重新设计，会重新将物件弄得满地都是。

　　小宇一个人在几间房子中找来找去，一直没有什么吸引他的新东西，他在心中暗暗嘀咕："这个马爷爷，还说创造了一个新发明，结果找遍了整个屋子都没有。说好了来看新发明，又什么也看不到，这不是博士爷爷一向的做法呀！"

　　这时，他想起来今天唯一特别的地方，左边屋子有一个用布罩着的东西。他翻遍了所有的房间，都找不出一件好玩的东西来，更找不出一件可以引人注意有新鲜感的东西，那件东西或许就是新发明。

　　好奇心引着他跑到那儿去看，他将布掀开，一个有点像大圆形木箱子样的奇怪物体出现在眼前，一道门、一扇玻璃窗和一个显示屏、呈不规则样分布在物体的里面，另外还有几个伸出的犄角，这是个什么怪物呢？他探着脑袋进去仔细观察起这个东西来。

　　一时不解，他将努努和梦琪叫到这个奇怪的物体面前，想一起来研究一下，这到底是一件什么玩意儿，不过谁也说不清楚，他们看到之后，也被眼前这个神奇的怪东西吸引住了。

　　下面我们跟随他们的目光来看看，这到底是一件怎样的神奇宝贝：这个奇怪的大箱子，不知是用什么特殊材料做成的外壳，有一个可以开启的自动密封门，首先看到的是有一个可以操纵的屏幕工作台，透过前面的屏幕可以看到里面的一切。空间还比较大，就是容下三四个人，也并不显得过分的拥挤，外形是圆圆的，周围还有几根像天线一样的畸形凸出装置。小宇分析这可能是接收装置，或者是灵敏感应元件。他们进入里面好奇地研究起博士这个新东西来。前面还有一扇玻璃窗，透过玻璃窗可以看清外面的环境，窗子下面的操纵台上有一排各种各样的按钮，其中一个还在不停地闪着，发出柔和的光芒。

他们仔细看着这个按钮，发现下面有一行小字，上面写着"梦想号控制器"，在小小的显示器上显示的时间是2099年。起初一看，他们还以为是2009年，怎么连时间都输错了，博士可真有点粗心。小宇动了几次心思想将时间修订，但考虑到自己一时还不知道怎样操作，加之梦琪看了这个东西有点害怕，一再叫他小心，不要乱动，马小宇只好作罢。

"这是不是博士新研究出来的特殊发明——梦想号呢？要真的是，那我们就可以借助它来进行特别的旅行了。"看到这个新奇的东西，马小宇有点兴奋地说。

听他这样一说，叶梦琪和丁努努的情绪一时都被调动起来，他们都显得很兴奋，因为他们从来没有过进入特殊时空的机会与经历，这可是他们梦寐以求的人生快事啊！

三人高兴得在梦想号里蹦跳，高兴地拍掌欢呼起来。正当他们得意忘形之时，小宇一不小心将努努推在前面的键盘上，突然梦想号中有几个指示灯不停地发出蜂鸣一般的声音，好似拉响了警报，一时各种奇异的声音大作，接着梦想号就自动将门闭合，居然慢慢开始启动了。这时的他们非常紧张，不知如此乱启动的后果会是什么，梦琪慌乱地寻找开启舱门的按钮，但一阵快速的旋转将她抛向了一边。接着梦想号就在房子中间不停地运转，并且越转越快，仿佛有一股能量将他们抽离，一下子他们就从马博士的房间里消失了。

梦想号以优美的弧线穿过时空隧道，越过时间的界限，实现了时间与能量的转换，他们掠过一个神秘的空间，思想被挤压，身体仿佛变成流动的液体，变成一种能量被快速传递。他们真是说不出有什么特别的感觉，只知自己仿佛被分解、变成轻烟，又被重组。

也不知过了多久，好似很漫长，又似只是须臾之间，看来在时间隧道里穿行，任何的时间都变得相对起来，成了多维的空间。经过一段时间之后，他们就轻盈地停留在一个不被人注意的、有小树林遮掩的宽阔地带。

通过马博士这艘特别的梦想号飞船，马小宇与好友丁努努和叶梦琪来到了一个陌生的地方。他们从机器上下来，往四周一看，这是一个比较空旷的地方，幸亏是降落在一个暂时没有人生活的地方，眼前都是十分柔韧、一望无垠的碧绿小草，好似绿色的细羊绒地毯一直铺向远方。他们找来一些绿色的草和小灌木枝条将梦想号遮蔽好，三人才装作若无其事的样子走出来。

三人向四处一望，不知到底来到了什么地方，也不知现在的具体年代。此时的他们也不知该向哪个方向走动，坐在地上，活像几个迷失方向的可怜虫，一时你看看我，我瞧瞧你。好久，努努打破沉默说："我们到了哪儿，现在怎么办？"

"现在怎么办？不知我们到了什么地方，也不知是什么时代。在这没有人烟的地方，谁也不知该怎么办？"梦琪虽然跟他们探过几次险，但此时有点害怕了，语气中带着一点儿哽咽，她心中也有点担心，现在来到了这一个非现实时代，能不能回去都是一个未知数，因此以她女孩子特有的细腻心思，流露出一种十分无奈的忧虑。

马小宇安抚她说："不要怕，我在时间隧道中经历过多次这样的时间旅行，十分好玩的，比我们现在难得多，但一点儿麻烦也没有，梦琪，有我在，保证你没事。"

叶梦琪点点头，她知道小宇已经成功借助马博士的新纳软件，多次进入过时空隧道，这也是她与努努曾经亲眼所见的事实，从没有出过任何意外。经他这么一说，她揪着的心总算放了下来。

她知道，小宇是自己最信得过的人，他才是自己最大的安慰，这是他们长期以来所形成的一种最纯洁最坚定的友谊。

马小宇看到梦琪的脸色舒缓下来，心里悬着的一块大石头终于落地了。三人通过一段时间的调整，基本上都没有了心理顾虑，小宇提议说："现在，我们被降落在一片长满灌木的绿草地上，长时间待在此地也不是办法，我们必须到这个新时代看看，前面隐约有城市的样子，不如就去那儿看看，感受一下这儿的生活气息，怎么样？"

他们两个都点点头，表示同意。

吹着习习的风，看着美丽的风景，他们被一种异常新奇、激动而又自豪的心情所感染、所激畅，这可是他们在慌乱的时刻来到的未知世界啊，能来到这一个特别的世界，看看未来不可知的风景，这可是一种挑战，也是一种千载难逢的幸事啊！

越过草地中的灌木丛，拐上一条不太明显的小路，再走上一条比较宽敞的公路，清风阵阵，满目清爽，此时他们心情也变得好起来。向四周环视，东边方向的不远处，有一片密密麻麻的高楼大厦，仿佛构筑成一座轮廓鲜明的水泥森林，昭示着这个新城市的繁华与富庶。空中一架中型客机在低低盘旋，好似在寻找着陆点，粗重的轰鸣声好像在提醒城里人们它的到来。

　　其他方向也不知到底离这片草地有多远，因此三人决定面向太阳，朝东方出发，高楼耸立的城市越来越清晰地映现在他们面前，这可是他们现在唯一可以看到的景观，那么现在就去逛一逛这座现代化的都市，感受一下未来的文明之风，希望能不虚此行。

　　三人没有走多长时间，就拐上了进城路口，他们看着这新奇的一切，感觉到从未有过的开心。

特别旅行

　　街道上行人熙熙攘攘，车水马龙，异常热闹。马小宇与好友丁努努、叶梦琪三人在商店及临近的各大街心公园中穿梭一阵之后，他们才开始在繁密的人群中放慢脚步。

　　透过巨大的玻璃橱窗，他们看到商店里依然摆满了琳琅满目的商品，货源充足，显得十分繁华。人们在购买各种家庭必备物品，秩序井然，这样的场景与小宇他们生活的那个时代没有多大差别，马小宇在心里这样想着。

　　不久，他们迈上了一条比较繁华的主街道，汽车在加了护栏的分行线中穿梭，人行道中各色行人络绎不绝，他们一边避让行人，一边欣赏着这里的街景。不过，几经对比，沿途所看到的东西跟他们那个时代也是差不了多少，大同小异。

　　有一个引起他们注意，又有点令人纳闷的现象，那就是基本上没有看见青少年、儿童。这可是最令人不解的谜，是没有放学，还是他们不愿意上街？这与他们三人生活的城市截然不同。目之所及都是一些年纪稍大的中老年人，并且一个个脸色木然，好像没有什么生机与活力。他们三人一直走了很久，基本上还是那样，这让他们感到非常奇怪，这些青少年、儿童都去哪儿了呢？这可是此行最令他们不解的地方。

又往前走了一段路程，他们发现有许多年纪好像都比较大的人，在街边公园里玩得起劲。他们有的荡秋千，有的做游戏，有的玩跷跷板，还有的在公园草地上放风筝，玩彩色气球。这可是马小宇他们看到的稍微能吸引人注意的地方，但奇怪的是在他们的身边，总是出现一些年纪更大的人在陪同，仿佛这些在玩的都是刚刚才懂事的人，大人们想着法子来满足他们未泯的童心，因此这些东西让他们玩得十分起劲，快乐到忘乎所以。

看了这一幕，马小宇三人感到更加不解，陷入迷惑之中。其中发生了什么变故？未来到底怎么了？

小宇不由想起网上关于退休的一个故事来：

　　多年后的我60岁的那天早晨5点，我起床，去公园晨练，回来后煮了早餐，送完孙子上学，刚好8点。

　　来到地铁站，人很多，一小伙子要给我让座，我看了看孱弱的他，说："不用不用，咱们都是上班族。"

　　来到公司，那条刺眼的规定总是让我不适：所有拐杖必须整齐停放在公司门口，违者罚款200元/次。另一条是在茶水间的温馨提示：同事们请把各自的药瓶药罐贴上标记以免别人误吃。

　　这个上午，老板又收到了3份辞职信，辞职理由是：与世长辞。

其中一份是和我斗气几十年的同事递交的。点开QQ，他的签名是：感谢国家，用科技延长了人的寿命，可我却没等到养老的那一天。他的QQ头像就再也没有亮起。

中午，我没有食欲，因为昨天把假牙弄丢了。接着我发现食堂在休闲区贴了温馨提示：请大家饭后保管好自己的假牙，我们的下水道再也堵不起了。

下午部门开会。我发现主管的记忆衰退了许多。说完第8点后，主管突然说："好，以上是第1点，现在来说第2点。"直到下班，我们还是在说第2点。主管责怪我为什么没有提醒他，其实我提醒了他很多次。算了，不跟他计较，明年他65岁，就退休了。

我继续"埋头"苦干。这时，我想起63岁的老王，给他发短信：3天没来晨会了，这次又是什么病？老王回复：跑业务，扭到腰了。

老王发短信问我：今天你60大寿，过得怎样？我回复：挺好的，晚上公司没什么人，网速也够快，我还偷偷连续发了好多条微博谈60岁人生感悟，加班就是好！

夜晚11点回到家，菜凉了，孩子们都睡觉了。我躺在冰凉的床上，打开工资条，看着扣除养老保险那一栏，转脸朝着老伴躺的那一边，对着空气说：你等不到的，我尽量替你等到。

若干年后，世界会出现一个奇观，老年人没法退休，每天上班；年轻人无法就业，每天逛公园。于是每天早晨的时候，老太婆就喊："孙子，你上午去公园遛鸟之前，先扶你爷爷去单位上班！"

　　不知眼前的城市是不是应验了网传的故事，小宇有点无奈地看着这个完全陌生的世界。

　　他们没有停下脚步，继续朝前面走去，走了很长一段路连一个小孩子也没有看到，也不知今天到底是什么日子，仿佛小孩子都被藏匿起来了，这成了他们来到这个未来世界最不能理解的地方。

　　他们三人从这些面无表情的人面前走过，对方也十分好奇地看着他们，不少人还对他们仨指指点点。如此怪异的一幕，弄得他们不敢停下来，只好加快脚步向前走，生怕惹出什么是非来。他们没敢跟这里的人说一句话，也不知人们的生活到底是怎样的。

　　这时一个年纪较轻的女人，其实可能也不小了，应该有三四十岁了吧，看到梦琪从她身边走过，很友好地笑了笑，叶梦琪也礼貌地与她打起招呼来。

　　叶梦琪笑着说："阿姨，您好！"对方有点没反应过来，好久才回过神来，点点头算是做了回答。

　　"小孩，你是在叫我吗？你是叫哪位阿姨啊？"女人停了一下，向四周环视了一遍，没有发现有其他的人，才有点害怕与不知所措，她转向这边询问起叶梦琪来。

　　叶梦琪说："我是在叫您呢！"

　　那个女人回答说："我不是阿姨，我是妈妈的宝贝儿，是爷爷的小孙女儿，是太爷爷的……"

　　"啊，我知道了，"梦琪怕她继续举例说下去，还不知要说到她们家族的哪一辈人为止，因此故作明白地打断了她的话。梦琪接着向她打听起本地的情况来："你们这儿叫什么地方？为什么没有看到有小孩呢？"

她听到叶梦琪这样问，感到十分惊奇，就问他们三人："你们是从什么地方来的？为什么连这么有名的地方都不知道？"

努努、小宇向梦琪使了一个眼色，叶梦琪心领神会，说："我们是从很远的外地来的，不太了解你们这儿的情况。"

"原来是这样，怪不得，我们这儿就是全国甚至全世界都十分闻名的长寿圣城，名叫商城。"

"什么，叫商城？"三人听到这个名字都条件反射似的一震，这就是他们曾经生活过的那个商城！真是太不可思议了。

"是呀，这可是在全世界都有名的城市，一百多年以前有一个叫马明起的博士研究出了一种神奇的高科技新纳软件——生命密码，在科学学名上称之为纳米智能机器人医生。它能解开人类的生命密码，重组人类的特色基因，打破人类免疫的误区，甚至可以置换人的遗传物质，这样就可以从科学角度来包治百病。国家就辟出这个美丽的商城作为首选的试点城市，因此我们这儿近水楼台先得月，就开始享受这一最好的高科技产品了，使得商城的人民都受益无穷。你看我们这儿的人都很健康都很长寿吧，不过有一点不好，人们一健康一长寿，就感觉到人生特漫长，新生命的诞生就相对放缓了。享受惯了的人们，到现在一般都不太喜欢再去做十月怀胎的苦差了，因此更不想生小孩来传宗接代，这也就是你们没有看到细伢子[1]的原因。你看现在，像我们这样的人，才是父母们最喜欢的孩子，人长大了，既懂事又不用他们操太多的心，处处显示着人伦生存的大乐，真是太美了。"

---

[1] 细伢子：方言，与普通话中的小孩子同义。

"真的？"小宇他们惊得眼睛都睁大了，不过还没有体会她后面所说的话的深刻含义。

"那当然是真的，我可从不骗细伢子的，就是那个马博士到现在仍健在，活了一百多岁，他已经四次获得世界科学与医学方面的诺贝尔奖了。"

"啊！？"这回轮到他们三人惊讶了，本来以为经过了这么久的时间，马明起博士早已离开了人世，没想到现在居然还活着，马小宇他们都想知道博士在未来的世界里是什么模样，因此急切地问她："马明起博士现在的情况怎么样？"

她带点疑问的口吻反问他们说："怎么，你们认识他吗？"

"认识，不，不认识，我们只是听说过他的大名。"马小宇掩饰着说。

"啊，是这样，他至今仍十分健康，精神很好，就居住在前面不远处，政府为他特别建造的疗养院里，他可是享受联合国世界特别津贴的、有突出贡献的大科学家啊！要不要我带你们去拜访他。"

她说了之后还将博士现在居住的地方指给马小宇他们三人看。

"不用麻烦了，怕耽误了您太多的时间，您家人会找你的，要不您还是先去忙你的事吧！"为了避免与她过多纠缠引出其他的麻烦事来，叶梦琪抢先回绝了她的好意。

与她道了谢之后，马小宇他们三人转向另一个方向，故意不与她同路。他们三人马不停蹄地继续前行，想多接触未来世界的新鲜事物，多了解一下未来的商城，这才能不虚此行。

三人一边走，一边细心地观察、思考着这个未来世界，努力想找出未来城市的优点，不过，面对商城的现状，他们三人一点也高兴不起来。高科技真是一柄双刃剑，一方面给人类带来好处，使人们健康长寿，不用再受病痛的折磨，但另一方面却又滋生出许多负面的社会问题。

那么怎样来区分这个世界呢，多少岁才是真正的老年人，特别是年轻人的界限是什么，刚出生的叫小孩，二三十岁叫青年，四五十岁的叫中年，那么六七十岁的又叫什么呢，八九十岁的、上百岁的人又怎样称呼，像马明起博士这样一百七八十岁的又该怎样来称呼？并且创造长寿纪录的人还在逐渐增多，照这样下去，生命没有新旧更替，这一成不变的世界不就会很快消沉了吗？人们的工作年龄如何界定，多少岁可以参加工作，退休年龄又是什么时候呢？人们都如此长寿，社会养老成本怎样维持啊，这可都是一些令人头痛的大问题。

早些年流行的"十七十八，北大清华；二十七八，结婚成家；三十七八，等待提拔；四十七八，任人拨拉；五十七八，退休回家；六十七八，看孙带娃；七十七八，振兴中华；八十七八，大干四化。"在这里，此说法完全被颠覆了，人们对于美好年龄的概念也被颠覆了。这里成了老年人的世界，看着这么多不老的人们都享受到高科技的好处，仿佛都长生不老了，人们也乐得如此逍遥自在，对于传宗接代完全失去了动力，都变得不太愿意生孩子了。难怪他们沿途看不到几个小孩，他们现在才理解刚才那位阿姨的话了，如此下去，整个世界不就缺乏新的生命活力了吗？马小宇看着这一切，一时陷入忧虑中，显得十分无奈。

一向知识比较渊博的努务，此时插话说："我们的人口学家曾经预计过，21世纪初世界人口将达到90亿，到21世纪40年代将达到或超过100亿，到本世纪末将达到120至130亿，其中最大的问题就是人口进入老龄化社会的速度会加快。到21世纪40年代，比如65岁以上的老人将首次超过5岁以下孩童的总和，达到13亿以上，这可是一个十分严峻的社会问题啊！"

"按我们现在所看到的一切进行估计与推算，这个问题比人口学家所预期的隐忧要大得多，你看，这个未来的社会，基本上没有新生命的诞生和新鲜血液的更替，人类已经完全进入了高度老龄化社会，这样的后果是，让人根本看不到多少活力。"小宇忧心忡忡地补充着，"如此算来，现在的人口最多100亿，因为出生率明显降低了，加上一些人不愿过分延长自己的生命，另一些人遭遇到意外死亡，总人口变少，其中老年人的数量应该就更多了，初步估计应在60亿以上。"

他们三人看到这一幕，你看看我，我看看你，一脸凝重，心情一时也变得沉重起来，这样的世界真是个问题啊！

这时，叶梦琪提议说："不知我们的学校在未来是个什么样子，要不，我们去看看。"

"好呀，也不知我们在未来又是一个什么样子，要是我们能知道未来的情形就更好了。"马小宇在一边应着，心中迫切想知道他们三人的未来。

"不知学校现在的具体位置在哪？"叶梦琪快言快语地说。

丁努努说："这容易，我们既然知道是来到了商城，前面能确定方位的五彩峰就耸立在不远处，依然那样郁郁葱葱，云雾缭绕，景色依旧，找得到它的位置就可以知晓学校的位置。曾记得学校就在山峰偏左方向的城区中心，顺着这一个方向应该很快就可以找到。"

他们首先确定了学校的方位，然后沿着曾经有印象的人民大道，慢慢向学校所在位置找去，但经过百年发展的城市，许多坐标式建筑都变了，新建设的高楼大厦完全将古老的商城旧貌掩盖了，因此也就找不到地标性的老式建筑作参照物了，没有办法，他们只好以五彩峰作参照物朝着大致确定的方向去寻找了。

异境奇遇

　　商城河的水经过几百年的沧桑岁月，仍日复一日地静静流淌，但原先十分清幽的河水变得混浊了，经受化学药物污染严重的水草异常茂盛，各种白色的结晶体不断在水流经过的地方留下标记，这可不是马小宇他们曾经在读书时期所看过的商河了。他们默默沿着河堤慢慢前行，没有多久，就要经过他们放假时经常去玩的地方——人民公园了，但今天的游乐场没有了以往的热闹与勃勃生机了，虽然游人众多，但脸上仿佛都写着不高兴似的。感觉没多久前他们还与杜大伟在此跟两个社会小青年进行了一次交锋，进入未来一百年后的人民公园，为什么就没有了先前的激动感觉呢，这让他们感到十分的奇怪。

　　重重心事，令三个人的心情都很难舒展。突然前面出现了一个异常的场面，一堆人围在一起，不知出了什么事，没有激情的马小宇三人，这时犹如被打了一针强心剂，快速跑向那个方向，想看一看那儿出了什么事。

　　刚刚靠近人群，才发现是一伙社会闲散人员在吵架，这些小混混们闹了一阵儿，好久不得宁静。马小宇他们观察一会儿才搞清楚他们明显分为两伙，看情形是以占地盘为目的的火并，都在争夺公园的活动范围，这个讲你们不该来我们这边，那个提出你们也经常侵占他们的休闲场地，原来是为一些小事在斗口角，小混混动口不动手这可是他们没有见过的事情，显得十分有趣。

有个人正坐在前面公园花坛的边沿上指挥，看年纪在当时不过也就是七八十岁的样子，反正因为种种原因已不能以眼睛所见来判断这里的人的实际年龄了。

受"生命密码"这个高科技的影响，每个人的面貌特征没有太大的差别，变化也极不明显。小宇仔细一瞧，发现刚才那个被称作首领的"老人"与杜大伟相似，该不会真是杜大伟吧？

另一伙人，他们从没见过，因此也没有什么印象，双方在此地相持了很久，不过他们也只是扯一些无关紧要的问题，好似没有要大打出手的想法。

既然没有危险发生，马小宇他们三人也就放松了戒备。这时，相持的双方发现了正在观望的三人，其中一伙人开始转移目标，诬蔑马小宇三人是挑拨矛盾的人。对方人多势众，将马小宇他们看作影响他们处理门户之争的人看管起来，小宇他们虽然有超能力，但不知在这样的未来世界会不会发挥作用。何况他们也不想在未来伤人，因此三人陷入被包围的困境之中，正当他们三人不知如何来处理这个临时碰到的问题时，一直坐在花坛边上的那个人走到这儿来了，他用一双不太大的眼睛往这一瞅，好似被什么东西一激灵，他马上大喝一声，说："且慢，先不要对他们动粗。"然后就来到马小宇三人面前，准备自己来细细盘问他们的情况。

马小宇大胆问了他一句："你是不是杜大伟？"

"外地人，你怎么知道我名字？"为首的这个人听到马小宇这样问他，感到十分的惊讶。

"你真的是杜大伟！"叶梦琪和丁努努也在边上睁大了眼睛，简直有点不相信地反问他。

"当然是真的，我就是如假包换的杜大伟，不过，我很奇怪，你们又是怎么知道我的名字，好像跟我很熟似的。"这时轮到杜大伟圆睁双眼了，他满腹的疑问又不得其解。

这时，平静下来的马小宇，开玩笑似的对他说："我们三人是你的同班同学，我是马小宇，她是叶梦琪，另外一个是丁努努，都是商城中学七年级八班的同学，你记不记得，就在下午放学，不，以前，我们还帮你吓跑过两个小混混呢？"

听他这么一说，杜大伟若有所思，不停地在记忆中去找到有用的链接，确实头脑中是有这么几个人的一丝印象，对，不过——他有点不好意思地说："是的，不过，他们可都是大人物，他们可能不记得我了。不解的是，我现在看起来就像一个七八十岁的老头，而你们一个个看起来还像个小孩子，这又是为什么？"

"大伟，你当然搞不懂了，我们这么小，是因为我们来到了未来。"本来气氛十分紧张的，现在一切都在他们几人的交谈中慢慢化解了，马小宇继续问他，"不过，这么久没见，你怎么混成了现在这个样子？"

杜大伟叹了一口气，摇了摇头说："这是命运，我怎么敢跟你们相比。你看，我只不过是一个街头的小混混罢了。"他脸色有点不太自然，不过，没有好久，他又恢复到先前的状态。

他看到马小宇他们还在等待着自己说说过去的事，他只好向他们说起自己不光彩的人生来。

他说："马小宇已经成为商城中学的校史陈列馆最重要的电脑软件科学家，并且获得了多个科学大奖。叶梦琪也成为某市的一个重要领导人。至于丁努努，我不说你们肯定也猜得到，他相当有出息，现在他也成为国家有突出贡献的学者型专家，正主导国家一个高机密的实验室。你们一个个可说是光彩照人，我可就十分惭愧了，一百多年来，唯一沾到的好处就是长命并且健康，并以此在世上混饭挨时日，成为人们唾弃的社会残渣。"

马小宇他们三人听了他的遭遇，也为他感到可惜，有点同情起他来。

大伟停了一下，又接着说："我的一切都是学校与父母所赐，不好的家庭教育环境使我放任自流，对学习没有兴趣，我的生活也是一直在懒散中度过，逐渐滑向了罪恶的深渊，成为社会中最不受欢迎，被人唾弃的三等公民。"

"不过，现在的商城中学已不是原先那么红火的中学了，其中最重要的原因就是没有了生源。人们普遍长寿，出生率降低了，老人多起来，现在各级各类学校都是冷冷清清的。"

他们三人听了，也是心事重重。

未来印象

　　马小宇他们三人看到杜大伟极不光彩的一生，他们也明白，大伟存在的问题可说是积重难返了，这让他们心中隐忧重重。

　　走在未来商城的街道上，他们没有因看到未来的景象而心情愉悦，反而心中更多的是烦恼，眼中更多的是不满。因为他们看不到充满生机的现代化都市，满眼所见，不过都是一些没有多少生活压力的人群。商店里商品充足，不少机器人都在充当售货员，人们的生产强度大大降低。全面工厂化生产，已能为人们提供充盈而又用之不尽的物资，人们不用太过于操心自己的饮食与起居了，特别是政府社会保障机制为人们提供了完美无缺的服务，你永远不会陷入困境。

　　这样的温室环境，淡化了人的进取精神，消弭了人的竞争欲望，刺激不了人们的大脑神经，因此城市也就滋生了更多的小混混。在许多条街道中，马小宇他们看得最多的都是这一类终日无所事事的人，这不是他们所向往的未来世界，他们在心里不停地否定着。

　　前面不远就是一个扩建工程，这儿原先可是人们领取医药保健品的地方。记得马博士他们研究出来的纳米机器人医生就是在此销售的，现在范围比以前扩大了几倍，人们进入里面就可以直接进行治疗。从单纯的注射到器官移植，都十分方便，因为许多人造的3D打印出来的器官都可达到真实人体器官同样的效果。更方便快捷的是克隆重造，不少人早早就提取了可供克隆的基因存放在地下冷库之中，以备不时之需，一旦发现自己某些部位存在坏死或发生病变，就可以重新造一个新器官进行更换。这样一来，人类完全不用再受疾病的威胁，生命工程完全变得可控可塑。前不久，这座城市就举行了一个老寿星220岁生日的庆祝活动，这可是以前所没有的奇迹。这一切，马小宇他们也是通过与人交谈获取的。

整个未来的城市中，无论是商店超市还是大街，依然都没有看到小孩以及青少年的身影，这也是马小宇他们沿路十分迫切在寻找的，这是使他们十分纳闷的事儿。现在他们最想去的当然是曾经读过书的商城中学，想去看一看未来的学校在岁月蹉跎中会发生怎样的巨变。

公园中依然是清一色的老人，一个个鹤发童颜，一个个神情庄重，一个个无所事事，几乎听不到小孩子的尖叫或号哭，没有歌声，没有欢笑，更没有青春活力的绽放。

这时，沉默良久的努努说："未来的世界，是一个老态龙钟的世界，要是如此，那简直太可怕了。"

叶梦琪补充说："我们在未来可能也是十分的丑陋不堪，看来打破自然规律过分追求健康与延长寿命，又有何益，就是真正活到五百岁，在如此没有生机的环境中，长久生存又有什么意义呢？"

马小宇联想到他看过的神话故事《西游记》说："《西游记》里的天庭由玉帝掌管，神仙都具有长生不老之术，几千几万年都是一个模样。不过他们比人类神一点的地方就是可以变化，可以上天入地，无所不能。通观这个未来世界，可说基本上跟神话世界没什么两样了，只是缺少了一份生机活力。"

"确实如此，人类寿命延长，一个个都不老，活像一个个永远不会消亡的神仙老寿星，未来世界也太可怕了。"梦琪心事重重地说。

这样三个人一边聊着，一边不知不觉就到了学校的附近。

学校已经发生了改变，没有了他们以前读书时的生机勃勃，虽然现在正是学生上学的时间，但学校里完全没有了以前的热闹。

从前门进去，门卫在懒洋洋地打瞌睡，对于他们的到访毫无察觉。马小宇他们可不管这么多，因为这是他们正在读书的学校，完全不用跟他打招呼，更不想惊动他。

原先进去这是一条林荫大道，枝繁叶茂的法国梧桐布满整个大道，不管天晴还是下雨，师生照样可以闲庭信步，不会晒到太阳，更不会淋到大雨。不过现在可全部变了样，栽上了一些不知名的花木，没有了以前曲折回廊的感觉，本来十分热闹的校园，现在可见不到了那种生机勃勃的场面，安安静静的校园看不到一个像他们这样的学生。

课间休息时，以前的学校到处人声鼎沸，现在到处冷冷清清，没有追赶打闹，更没有欢声笑语，这可是完全出乎意料的景象。他们一间接一间教室寻找着，怎么原来有1000多学生的大学校，现在却没个人影。正当他们三人纳闷的时候，隐约听到从前面不远的教学楼里传来老师讲课的声音。他们循声找去，发现在教学楼的东北角上只有三个班在上课，这或许就是高度浓缩的全部学生精华吧。他们靠近一间教室想一睹未来学校的学习情况，靠近教室窗户往里面一看里面，也不过只有二三十人而已，一个个垂头丧气，显得老气横秋，并且年龄都不小，难怪整个学校显得空荡荡，这样冷清，原来是生源严重萎缩，确实是没有学生来读啊。他们三个人走到这儿，情绪十分低落，都有点泄气，脚下已经没有力气了。

学校现在已物是人非，面貌大改，没有了令人精神振作的东西。

看到马小宇与丁努努正看着这个班发愣，叶梦琪出于好奇，一个人跑到前面。她看到一个老气横秋的女老师，正在教学生诵读古典诗词。一个个大人样的学生在老师的带读下憨态可掬，有闭目吟诵的，有认真聆听的，还有睡得口水直流的，还有几个装作伏在桌子上听，手却在下面做小动作，不时将鬼脸暗送给邻桌，样子十分滑稽好笑，连叶梦琪都被课堂中这唯一鲜活的一幕，弄得不由自主地笑出声来。这下可好，这一笑就将课堂中的学生与老师的目光吸引了过来。

老师本来正上得津津有味，十分投入，经此一打扰，课堂就真正活跃起来了，特别是学生的心思全被搅乱了，她显得很恼火，一时恼羞成怒地大声责问："是谁，是谁在影响课堂？"

眼睛鼓得像两个灯笼，学生们机械地齐刷刷回答："不是我们。"有人说："是外面的那个小孩。"

老师将眼镜往上一推，跑到教室外面一看，这小女孩是她近几年来看到的年龄最小的孩子。她将叶梦琪当作外星人似的看了好一阵之后，不但没有批评她，反而变得高兴起来，因为她已经很久没有看到年龄这么小的女孩，并且又长得这么漂亮。教室里的学生跟着起哄，他们蜂拥而出，都来看梦琪了。

这时轮到叶梦琪害怕了，她尖叫了一声，就往马小宇他们这边跑来。马小宇与丁努努突然听到叶梦琪的惊叫声，不知到底出了什么事，赶紧拉住梦琪迅速往楼下跑去。等他们上气不接下气地跑到下面操场的开阔地带，以为其他人不会追来时，他们才停下来喘了一口气，问梦琪到底出了什么事。这时他们回头一看，在刚才的教学楼上，几个班的学生正做出各种怪样，还大喊大叫的，不过小宇认为这应该没有什么可怕的，可能是他们好久以来没有看到过小孩，所以对"校园三侠"感到惊奇，由此不难看出社会缺乏新生力量的可悲。

正当他们在此驻足观望之时，叶梦琪又发出一声尖叫，大声提醒他们说："快跑，他们全追下来了，不知他们要干什么，再不走，我们可能要吃亏。"

马小宇往前面一看，真的，三个教室里的人全下来了，要是被围住，他们可就脱不了身。等他们反应过来开始跑时，上面的人已经越来越近，前面的门卫此时也不知什么原因早已将门锁上了，后面一大批人涌来，前面又没有出路。他们将眼一闭，心想，今天完了，被他们围住不知是一个怎样难堪的场面。

正当他们陷入困境之时，突然时间倒转，从空中飞来一个物体停在他们的面前，马小宇睁大眼睛一看，这不是他们先前乘坐的梦想号飞船。

原来，马博士回家之后，坐在房间中等待马小宇的到来，过了好长时间都没有见到人，他就感到奇怪了，心想，小宇这个孩子一向比较守时的，今天怎么了！这可不是他的个性，肯定有问题，他往放置梦想号飞船的房间一看，顿时吃了一惊，自言自语道："不好，小宇他们有麻烦了。"

他立刻开启梦想号飞船的机密程序，从自己设计搜索程序中发现了马小宇他们来到了商城的未来世界，现在又遇到了麻烦。马博士远程操作飞船，于是在马小宇他们最需要的时刻出现并将他们带了回来。

回来后，三人还惊魂未定，马博士就笑着问他们："未来旅行怎么样？"

马小宇摇了摇头，心有余悸地说："未来太可怕了。"

"你们碰到了什么不好的事？"博士也很好奇。

叶梦琪看到小宇十分疲劳的样子，她也叹了一口气说："未来真是一言难尽，等我们先喘一下气再慢慢跟您解释吧。"

博士看出他们三人十分疲倦，显得万分狼狈，一个个意志消沉，且等稍事休息后再来听他们的解释吧。

心灵之殇

　　平静下来之后，马博士才从马小宇他们三人的口中知晓未来的一些情况。此时博士的脸上也出现了一丝不易让人觉察到的变化，假设未来真如他们刚才所经历的那个样，那么自己为了解决人类寿命的科研新成果就成了影响和打破自然规律的钥匙。试想一下，人们预期寿命都无限地延长，世界上的人仿佛都活成了人精，就像自己现在的状况，将来就是活到两百岁一点问题都没有。如果这样生活下去，整个地球上不知将要出现多少令人意想不到的事情，自己所研制的生命密码——新纳高科技的大面积推广，就显得没有多少意义了。这里是否有些环节出了问题，是面向大众，还是专门用于那些对人类发展有特别贡献的人民，是否应该有个限制，让优秀的人才可以赢得更多时间为社会做贡献，还是任何人都可以无节制地使用。这确实是个值得考虑的问题，马博士一时陷入了沉思。

　　任何事物都有两面性，有利必定就有弊，应该一分为二地看问题，不知将来还会有多少难解决之事让人头痛呢？他在心中不停地叹着气。

这时他刚才从《中国教育报》上所读到的一则新闻又重新浮现在自己的眼前：

我国小学学校15年锐减近六成

　　我国小学学校至少自1993年以来一直减少，这15年间我国小学学校已由69.67万所锐减到去年的30.09万所，锐减了56.8%。与此同时，我国小学生在校人数也连续递减13年，已由1995年的13195.15万人逐年减少到去年的10331.51万人。如果按照这个趋势，今年小学生在校生可能在10000万人以下。（记者郭少峰）

　　难怪小宇他们在为未来担忧，这确实不是空口说白话，更不是空穴来风。按照这样的速度递减下去，我国的幼儿园及小学学校的数量都将在一定时期内严重萎缩，小学学校十多年内就已缩减近六成，还不包括没有统计上来的数据，如果统计让所有的数据，那么减少的数目可能还要更多。比较现实的例子就是，在自己的家乡就有一个类似的现象，他曾经作为家乡的知名人士捐款资助建设了一所村级小学。当时的学生人数也在100人左右，有四个年级，不过短短几年之后，生育高峰过后，学生人数锐减，这所学校在去年招生数就不足10人了，今年就已走上了撤并的命运。几个村的学生就已全部并入邻近规模比较大一点的学校了，这是令他不得不相信的事实，类似的学校在不久的将来都要面临相同的命运。

　　人们的寿命相对延长，许多人久久贪恋自己的工作岗位，本来干到60岁就可以退休的，但不少人要活100~200岁的高寿，他们认为自己还可以再工作几十年，一点问题都没有，事实确实是如此，问题不梳理，真的不知其严重性。

假若60岁就退下来了，能活到120岁的，剩下的60年怎样来度过，他们可不想浪费自己的大好时光，但这样一来，他们长时间占据工作岗位，就业本就十分严峻，那么年轻人怎么办？他们在社会上无所事事，放任自流会造成社会不稳定、不和谐，由此滋生一系列的社会问题。

特别是将来的养老保险问题将给政府一个巨大的包袱，现在的供养比例好像是三比一的关系，再加上国家投入的养老金冲抵，社会保障机制基本上是可以勉强维持下来。假若将来人们的寿命无限期延长，全部进入老龄化社会，国家几十年以来积累的养老金盈余，就会在庞大的老龄人口中消耗殆尽，一旦到所有物资山穷水尽之时，这些人怎么办，人们怎么来享受政府的庇护，他们又靠谁来生存。

再者，当你满眼看到的都是这样一幕，人们都不想在年轻时生儿育女，一旦年纪大了，又厌倦生育，这个世界没有了更新换代，没有了新鲜血液的注入，等他们都到垂暮之年时，我们靠什么来创造新世界啊！

假如说人们都非常轻松地实现了长寿目的，改变了自然生长的规律，人为地将寿命大大拉长，就会打破世界的自然化进程，这其实是对生命的干预，太过于人为化，人类就会受到自然的制约与惩罚。

难怪未来人类社会要受到一定的惩罚了，看来自己有必要对新科研产品来个限制，进行新的干预，给使用者加以引导与制约，这也是对人类社会的健康发展负责。任何不加约束的东西，一旦泛滥成灾，其后果将不堪设想。

马博士这样想着，幸亏小宇他们误打误撞，进入了未来的世界，给他带来了最有用的信息，及时亡羊补牢还为时不晚，想到这，他紧锁的眉头才又舒展开来，心里也好过了一点。

微雨欲来

　　在学校的林荫道上，刚放学的学生们形成了一股巨大的人流，个个行色匆匆，都想快速回家，去享受那属于自己的自由时光。

　　紧张的校园学习生活让他们喘不过气来，早上被学校强制在六点半以前到校，上下午一共要上八节课，最可怜的要算临近毕业的初三同学了，他们晚上还要学习到十点才有时间去做自己的事，个个显得苦不堪言，脸上没有笑容，只剩一脸的无奈和疲惫。

　　马小宇、丁努努与叶梦琪三人，虽然在学习中有许多无奈，但年轻人有的是活力。刚放学一出教室，他们就忘记了在学习中所有的不快，有说有笑地凑在一块儿回家。他们现在因为成绩比较靠前，班主任对他们还是一路绿灯。他们从未来回来之后决定好好生活，好好发展自己的个性，他们可不想成为令自己后悔一生的人。

　　三人有说有笑的，与另一道风景完全不同。在放学后的学生人潮中有一个比较低落的背影，那就是杜大伟，今天他又受到班主任的严厉批评与惩罚。他们知道杜大伟的班主任是以过于严厉而出名的，他们都为大伟所遭受的不幸而深表同情。前不久，大伟就受到小青年的捉弄。没两天，一向自觉性差、成绩差的他连续几次受到班主任的惩罚，难怪大伟以后的人生会被蒙上一层阴霾。

这样的人生是多么的可悲，但也是十分值得同情的。马小宇在心中暗暗地想着，对两位好友说："你们看，前面不是大伟吗！"

叶梦琪说："是的，这几天真有大伟受的，老师太不了解，也太不关注这样的学生了，他真可怜。"叶梦琪说完深深地同情起杜大伟来。

看到他们两人深思，小宇说："大伟是可怜人，家庭没有温暖，在学校里也因为成绩不好时常受气，你说他怎么能在这样的环境中好好学习与生活呢？这些被爱遗忘的人，他们的心灵深处既为自己的不好成绩与不良行为自责，又在家里也得不到温暖，在社会上无立足之地，这样的人长时间生活在人们的责骂与不耻之中，谁能健康生活到最后？难怪他们会堕落成社会的灰色人群。"

一向思维比较深沉的努努赞许地点点头，慢慢腾腾地说："其实教育是一项良心工程，老师和家长们应该抛弃一切的功利思想，千万别将学生的期望值看得太高，不然，就会钻进过分追求功名利禄的死胡同。"

"太对了，我们已经看过未来的情形了。"梦琪接过话头，她也不想让自己的思想停留在被老师过分关注之中，迫不及待地发话了，"未来都是这样了，成绩好的人远走高飞，成为社会上的精英，剩下来的才是真正建设家乡的主力军，如果忽视了对他们的教育与培养，家乡的发展就丧失了前进的动力，因此代价是十分惊人的。"

马小宇同意他们的观点，不加思索地说："与其将眼光全投在精英的身上，用大量的人力物力去培养一个精英，不如多关注一些学困生，我认为转变一个学困生的历史作用绝不亚于培养一个好学生，去重新塑造学困生，才能使世界变得更加和谐，你们认为呢？"

三个人这样一边走着，一边激烈地讨论着。

时间已经不早了，三人走了一段路之后，努努因与他们不是同一个方向，他一个人先行离开了，小宇与梦琪两人一道继续默默走着，思考着、回顾着刚才的话题，都显得心事重重。

好在没有多久，叶梦琪就到家了，马小宇看着她进去之后，自己才拖着疲惫不堪的身子回到家中。

"妈妈，我回来了。"小宇一进门就大声喊了起来。

妈妈爱怜地问他："小宇，你怎么到现在才回来？"

马小宇轻轻地回应了一句："我们在路上多待了一会儿，因此回来晚了一点。"说完就进入了自己的房间。

帮助大伟

近来，马小宇心中总是有一种说不清道不明的感觉，想着未来，一切在心中的美好印象都消失了，小宇心中感到一片迷茫。

好久没有去看望马爷爷了，此时，马小宇特别想与博士爷爷沟通一下。

他利用马博士的新纳软件，再次进入特殊通道，通过博士的电脑传输，一下子就来到了马明起博士的家中。

现在赋闲在家的马爷爷没有太大的压力，又每日都坚持锻炼，他的身体显得比以前更加健康，突然之间看到小宇光临他的家，他特别高兴。

小宇亲热地与马爷爷打过招呼之后，马上就将自己近来的想法向他说了一通。

"马爷爷，我现在看到了一个极不好的现象，就如我们班上的杜大伟同学，老是受到别人的欺侮，您能帮我想想办法吗？能不能让他不再受到别人的欺负，因为我十分同情他，希望他变好。"

说到这里，小宇有点口干舌燥了，他抓过一只水杯喝了一口水继续说："他父母经常吵架，他没有感受到任何家庭的温暖，在学校里也没有自信，我多想帮他，让他能感受到应该得到的温暖啊，您看有什么好的办法可以帮助他吗？"说到这儿，小宇满眼都是期待，这也是他善良心性最直接的流露。

"这个问题，倒是一个难题，只有从多方面进行努力，慢慢改变他在别人心目中的地位与看法，树立起让人值得尊重的最起码尊严，这样或许才有用。"马博士用手捋了一下刚刚修剪过的胡须茬，若有所思。好久才又开口说，"要不，对于这样一个同学，你先让他强大起来，让他建立自己的威信，树立坚定的信念，或许这对他大有帮助。"

"您是说，对于大伟这个弱小者，可以让他有强大的力量，让他有能力保护自己不再受到其他不良势力的侵扰，那么他就可以慢慢走上正常的人生道路，对不对？"马小宇非常天真地看着马博士问道。

"可以这样说，你不是有我给你的软件吗，必要时可以让他试试，给他下载一定的武功，当然不能大张旗鼓，只能想个方法让他不知不觉就感到功力的增强，你要注意策略。"博士爷爷提醒他。

马小宇点点头，具体操作他已经想好了，可采用自己教他的方式，辅以电脑传功做掩护，绝不会让杜大伟知晓自己是用了这个软件功力才增强，因此不用担心。

时间过得飞快，不知不觉间，马小宇在博士爷爷处就又度过了很长一段时间了，他不得不早点回去，要不妈妈回来之后，又会因找不到他而着急的，好在通过光能隧道的能量转化，他很快从马博士的家回到了自己的家。妈妈还没有回来，因此他不用向妈妈解释自己的去向了。

一个人收拾好东西，然后学着做家务，开始做饭了，这一阵妈妈公司有事，一直不能按时下班，很多时候都是小宇先抢着帮妈妈做一些力所能及的家务事，减轻妈妈不少的家务负担。

不久，妈妈就拖着疲惫不堪的身子回来了。爸爸不在家的日子，他们娘儿俩就这样相依为命，倒也过得安稳。

商城中学的校园里，学生们正在紧张地上课，透过玻璃窗可以望见，蔚蓝色的天空中飘着朵朵白云，显得格外的高远，地上没有一丝风，整个教室显得十分的闷热。好不容易下课了，许多同学一下子冲出教室，跑到操场上去透一下气，稀释一下教室里过多的混浊空气，虽然还是很热，不过总比闷在教室里强。

许多同学喜欢抓住这一段时光，说说逗人发笑的幽默故事，让枯燥的校园生活在这时能适当地放松一下。最爱传播小道消息的周娜，为了引起大家的兴趣，她提高声调说，现在向大家公布只有她一人知道十分神秘的一个内幕消息。

喜欢听娱乐八卦的同学们听说有内幕，好奇心一下子就被调了起来，大家迅速向周娜靠拢。

她说发现我们班上的杜大伟同学最近有点特别。

"到底怎么个特别法，你倒是快说呀！"

朱明明在一旁迫不及待地催促她快点说。

其他同学也在一边不停地起哄，埋怨她故意吊大家的胃口，这时周娜慢慢腾腾地拖着声说："杜大伟最近完全变了个人，不知着了什么魔，变得浑身是劲，再也不是以前那种畏畏缩缩的样子了，几个不良学生也在他的带领下洗心革面。你们说怪不怪？"

"哦，这倒奇了，我们怎么没发现。"这回轮到努努他们这些听众吃惊了。

于是大家都催促周娜快说："这到底是怎么一回事呢？后来的结果又如何？"

"我也是听来的，不知是不是真的。"周娜顿了顿说，"最近杜大伟变得特别自信，别人都不敢欺负他了。"

听到这儿，丁努努才算是知道了一个大概意思，他对大家说："这是上天最好的安排！说到这，我想起一个很经典的故事，不知大家有没有兴趣知道？"

大家听到有故事，都催促他快点说。

于是努努就给大家说起这个故事来：

从前有个国王，最喜欢做两件事，一件是打猎，一件是带着宰相一起微服私访。

这位宰相嘴边总是挂着一句话："一切都是最好的安排。"

有一天，国王在森林狩猎，猎到一只花豹，国王很高兴，急忙下马去检查猎物，却不想花豹使出最后的力气，咬掉了国王的小手指。

国王很不开心，叫了宰相来喝酒，宰相却还是笑眯眯地说："一切都是最好的安排。"

一怒之下，国王下令将宰相关进了监狱，并说："你无故受这牢狱之灾，难道也是最好的安排？"

宰相不气不恼，仍然说："如果是这样，那我依然相信，一切都是最好的安排。"

不久后，国王一个人微服私访，在偏僻的山林中被当地的土著部落五花大绑带走，说要在满月之日把他当成祭品烧死，献给满月女神。

正当国王满心绝望之时，祭司发现国王的手指缺了一截，大惊失色，说他不是个完美的祭品，如果用他祭祀，满月女神会发怒的。最后土著人把国王放了。

回宫之后，国王连忙召人将宰相放了出来，激动地说："幸好我的小手指被花豹咬掉了，不然要丢的就是我的命了！果然如你所言，一切都是最好的安排。"

宰相依然笑眯眯的，一副了然的样子。

国王问他："可你受了这月余牢狱之灾，又怎么说呢？"

宰相说："如果我不在监狱，那一定是我陪着国王陛下微服私访，如果土著人发现您不适合祭祀，那么被当作祭品的就一定是我了呀。"

国王哈哈大笑说："果然如此，一切都是最好的安排。"

"故事讲完了，我想你们一定也对生活中遇到的困难挫折有了别样的想法。你看，塞翁失马，焉知非福。失之东隅，收之桑榆。生活中不如意事常八九，很多我们当时觉得无法跨过的坎，也许是未来某件事的铺垫，世上之事没有绝对的好坏之分，全看你的心态如何。如果你总是关注那些让你不开心的事情，只会让你越来越不幸福。值得我们在意的不过二三事，要学会带着宽容和感恩去看待发生的每一件事，遇到的每一个人。所有经历，皆有因由，所有事与愿违，都是另有安排。"丁努努说完，看大家还在沉思，努努没有理会他们，讲完之后就一个人离开了。他在心中暗想，杜大伟这事儿可能跟马小宇有关，要不杜大伟不可能一下子就有如此改变的，他可得去向小宇证实一下。

其实周娜说得不错，这事说来话长，还得从很久以前一段特别的经历说起，让我们再慢慢来了解大伟吧，或许你会更加同情大伟的。

未来之雨

"你这个败家子，整日只知道赌钱，吃喝玩乐，嫖赌逍遥，太不顾家了，这日子没法过了，离婚！离婚！"一个女人尖厉的声音从一栋低矮的小平房中传出来。

"离就离，天下三只脚的少，两只脚的遍地是。"一个带着醉意的男声在遮遮掩掩地抵抗回击。

"你这个杀千刀的，你想得美，你休想从这儿得到一点儿好处。你给我滚远点，我们不想看到你，我宁愿相信世界上有鬼，也不要相信男人这张臭嘴。"大伟的继母将他爸爸拖出了门口。

烂醉如泥的大伟爸爸口中已说不出完整的话来，咿咿呀呀，不知在进行怎样的对抗，说了一阵就呼呼睡去了。

杜大伟刚走到离家不远的地方，父母争吵的声音就远远地传来了。他知道这是经常爱吵爱闹的父母又在进行每日的功课了。他已经十分厌倦这样的家庭，他也一向讨厌贪酒好赌又经常误事的爸爸，更不理解继母为什么一点儿小事就喜欢大喊大叫，成为惊燥四方的火药桶，心想大人们为什么不喜欢好好相处呢？

刚到门口时，他快速走进家中，看到他们这样，本来想快快将书包一扔就准备逃离这一个是非之地，但眼尖的继母看到了他，对着他大喊："又不早点回来，刚死回来，就又准备去哪儿瞎玩？"

大伟有点怕，只好又缩回去，他们俩可是不讲理惯了的，一旦触发他们的脾气，那可有自己难吃的果子，没有回答，只好缩回脚又回到了房间。

任他后妈一人继续发泄余威，他知道在爸妈冷战一番之后就可以风平浪静了，因此他开始做晚饭。

将一切做妥当之后，他拿出今天的作业，这样的时刻也是最难熬的，不如用做作业来打发时光，这是他用来对付经常爱吵架的父母的最好方法。

这样的家庭永远是难以好起来的，自从妈妈离开这个家庭之后，爸爸与继母是后来经人介绍在一起的。后妈十分泼辣，并且得理不饶人，事事都想赢三分。爸爸虽然喜欢灌点黄汤，却不太想闹事，但面对这样的河东狮吼，脾气性格也跟着发生了很大的变化。

很多方面没有沟通，他们经常动不动就为一丁点儿小事争吵，这可是大伟最不幸的地方，成长在这样的环境之中，他真是进退两难，自己可以选择与命运作抗争和挑战，但自己的父母是不可以选择的，他能做的只有忍，只有默默承受这一切。

这就是各人不同的命运。

著名作家托尔斯泰说："幸福的家庭都是相似的，不幸的家庭各有各的不幸。"这可是放之天下皆准的大实话。

大伟正做着饭，偃旗息鼓了一段时间的争吵，这时又从厨房传了出来："你这败家子，你生怕我们这个家不败，你看，连煮饭都不放水，想让这个家被火全烧了吗？"

原来是大伟淘过米之后，因一时粗心，蒸饭时没有给电饭煲加水，幸亏没有被烧坏，要不大伟会吃不了兜着走。

"没有一个让人顺心的，大的不争气，小的更令人生气，你们俩真是想气死我啊。"后妈继续一个人喋喋不休地骂个不停。

大伟已经受惯了这类恶劣环境的干扰，但今天不知为什么到现在，好像还没有要停下来的架势，骂骂咧咧这么久。他把耳朵用卫生纸堵起来，不想再受到更大的干扰。

不知过了好久，后妈叫他们两个吃饭，但喊了好久，一个醉了睡得像头死猪，一个躲在房子中不出来，做好了饭菜一个都不来吃。她的火气又上来了，跑到大伟的房中大声斥责："你的耳朵都聋了吗？"

但是大伟还是不知妈妈在说什么，妈妈用手扯着他的耳朵吼道："刚才叫你吃饭都没听到，是不是耳朵聋了？"

为了听清楚她说什么，他只好将塞在耳朵中的卫生纸掏出来，后妈看到了说："好啊，你听不惯我的声音，翅膀硬了，一家人都这样来对付我了。"她气不打一处来，又开始继续刚才的责骂了，然后气呼呼地一个人吃饭去了。

大伟一个人愣在那儿，心中委屈的泪水一下子流出来了，这样的家庭、这样的环境，他感觉不到一点儿温暖，简直待不下去了，他将书本放好，流着眼泪，没有吃饭，一个人默默地走出了家门。

"遭天杀的，大的不争气，小的也一样，这个家如何得了。"从身后又传来他后妈那杀猪般的嚎叫，他叹了口气，继续义无反顾地往前走，心里想着，快点离开这个是非之地。

外面，天空中灰蒙蒙的，阵阵凉风吹过，身影单薄的大伟不禁打了一个寒战。他透过一家的窗户看见一个和睦的家庭正在愉快地吃着晚餐。他记忆中曾经的幸福时光从自己的亲妈走了之后，再也没有过了，他知道他不可能再回到从前了。

他漫无目标地在街上溜达，此时，天不作美，下起了小雨。他在如许的凉意中，更感觉到寒冷。雨越下越大，身上单薄的衣服慢慢湿透了，他走着走着，想到自己的身世，想到自己不幸福的家庭，想到在学校所经受的一切不幸，所有一切此时一股脑儿全向自己压来，为什么冷漠的世界这样不公平，为什么要他一个人承担起这样多的痛苦，他对着天大吼着："为什么？为什么？"

几个从他身边经过的人，不屑地看了他一眼，其中一个丢下一句话："神经病！"就远远地避开了，将他当作怪物，生怕使自己受到伤害似的。

此时饥寒交迫的他慢慢体力不支了，一个人浑浑噩噩，不知不觉就走到一个小花坛边坐下了，大伟继续一边吼着一边不停地哭着，凄惨的声音听着令人万分的寒心。

杜大伟的这些异常举动引起了正站在窗户边赏雨的马小宇的注意，马小宇观察了很久之后，才发现在花坛边又哭又叫的人是杜大伟。马小宇自言自语道："这个人，下雨了还待在外面，发什么神经，我得看看去。"

马小宇找了一把雨伞，风风火火地跑到街上，一下子就来到了杜大伟的面前。他一看，大伟已经全身湿透了，一个人迷迷糊糊的，口中还在不停地喊叫，泪水从眼中流出来。小宇二话没说，扶起他往自己的家去，但大伟浑身无力，没有办法，小宇一咬牙只好背着大伟，好在一向瘦弱的大伟不是很重，他们就这样慢慢地一步一步向家中走去。

好不容易回到家里，小宇的衣服也大部分湿了，妈妈看到小宇弄回来一个浑身湿淋淋的人，吃惊地问："这是谁家的孩子，怎么一身的水，快给他换身干衣服。"

小宇妈妈给大伟找来一套小宇的衣服，给大伟擦干雨水，大伟这才清醒了一点，他一看是到了小宇的家中，马小宇将干衣服交给他，他才感激地换上干衣服。

小宇问他怎么了？大伟看着别人温暖的家，有关爱孩子的父母，可自己什么也没有，他摇摇头，一脸的苦笑，眼泪又从眼角流了下来。

"好，不要担心，你就在我家待一段日子，不要有什么顾虑，把这儿就当是你的家，好吗！"小宇知道大伟心里不好过，肯定是家庭方面的，要不，到了晚上怎么会跑出来呢。

他们娘儿俩将杜大伟安顿好，然后小宇妈妈又给大伟煮了一碗姜汤，让他趁热喝下。大伟十分感激地看着他们，一股从未有过的暖流顿时涌遍全身，要是自己的父母有这样好，才是自己十世修来的福气，但家里有的只是对自己的打骂与冷落，什么温暖也没有，他闭上眼睛痛苦地想着。

神游美梦

透过黑洞洞的夜幕，可以看到雨还在淅淅沥沥下个不停，平常一向十分热闹的街道，在雨中难得迎来一个安静的时刻。

杜大伟在马小宇一家人的照料下，他的心总算从家庭的阴影中走出来了，他感受着小宇一家人的热情好客，慢慢他也适应了，放松了，就像回家了一样，人也没那么拘谨了。

看着这一切，小宇也高兴了。他闪过一个念头，不如让大伟开开心心地玩一次。于是小宇就带大伟来到了自己的电脑旁边，提议与大伟两个人玩一个有趣的游戏。一听到要玩游戏，大伟眼睛都放光了。

"那好，我们现在就来玩一个传功的游戏，不过这个游戏带有一定的危险性，并且可能会对人的身体有一定的影响，你不会害怕吧！"小宇说。

"这有什么好怕的，我最喜欢玩游戏了，特别是刺激的游戏，快点开始吧！"大伟已经忘记了先前的不快，一味地催促小宇与他进行精彩的游戏。

马小宇快速将电脑开启，然后故作神秘地要求大伟端端正正坐好，还不忘慎重地多次提醒他："这个游戏带有危险性，一定不能三心二意，弄不好就会走火入魔的。"

"你别吓我，这不过是一个武功对打的游戏，又不是真刀真枪。何况我是玩游戏的行家，应该没有你所说的那么危险吧！"

"你先试试，听我的保管没错。"

"那好吧，快点开始，让我尝试一下这个刺激的游戏吧。"

杜大伟端坐在电脑前，小宇帮着他开通进入游戏的程序，并将新纳软件放入电脑中。程序快速运转起来，大伟停放在键盘上的手开始有感觉了，感觉有一股股强力的电流一下子涌遍全身。小宇在旁边将下载与传功按钮一点，大伟浑身就跟着不停地颤抖起来，很快就进入了其中的一个游戏。他的身体随着动作的指引，一招一式跟着动起来。不过，大伟这次感觉与以往所玩的任何游戏都不同，特别仿真，他感觉十分棒，这让他过足了瘾。

随着这一轮游戏的结束，大伟此时真气涌遍全身，用手一试，感觉虎虎生气而又充满真力，他对马小宇的这个游戏十分的羡慕，他好奇地问："小宇，你这个游戏软件是从哪儿买的？真好！"

"这可不是随便就可以买到的，是我自己研究出来的科研宝贝。"马小宇轻描淡写地应付着。

好在杜大伟不太爱寻根究底，因此说了一些十分喜欢之类的赞美话之后，就沉浸在刚才游戏的回味之中。小宇将软件取出来之后，大伟又在电脑上玩了几次别的游戏，但都感觉没有刚才的过瘾，因此玩了一阵，也就不再玩了。

时间过得飞快，一下子就到了该休息的时候。明天还要上学，因此，小宇的妈妈进来提醒他们早点休息，两人刚好收拾东西准备睡觉。

大伟选择睡沙发，往下一躺就开始打呼噜了。小宇看了看他，摇了摇头，感觉自己也有点劳累，也躺下睡觉了，很快两人都进入了梦乡。

这一晚，杜大伟做了一些奇怪的梦，他发现自己比以前强壮多了。以前老欺负他的别班的几个不良少年，被他凭借在电脑中所学的神功，三下五除二就将他们全都打趴下了。还有班里那个李狮，以前自己可没少受他的气，自己一扬手就将他抛到两丈开外的地方，让他摔了个大跟头，躺在那里起不来。还有那个经常跟屁虫样的王强，被他三拳两脚打了个狗吃屎。另几个不良少年在一边看得眼都直了，一个个跪在地上求饶，大伟一个人乐得哈哈大笑。

他一个人在梦中手舞足蹈的，将盖在身上的被子全都踢到地上了，马小宇被惊醒，看着他这个特别可爱的样子，小宇知道，这小子肯定做了一个特别高兴、特别开心的美梦。

他从地上捡起被大伟踢掉的被子，帮他盖好。这个大伟，真有他的，可能从来没有做过这样的美梦吧，生活在那样的家庭，也不知何时是一个尽头，但愿这次之后他能有个比较好的人生转变，小宇自言自语地说着，然后打了一个呵欠，又爬上床睡觉去了。

再次出走

被大雨清洗过后的商城显得越发美丽了，街道上的绿化树也更加青绿，被修剪成型的绿植顺着街道边的花坛向四处延伸。造型奇特的罗汉树，犹如十八尊形态各异的雕塑组成特别好看的佛陀神话；细叶女贞组成了一道道绿色的长城；环环相扣的各式花坛间栽着各种颜色的苗木，娇艳的加拿大红枫，成峦叠翠的万年青，还有各种月季花的点缀，黄连木的浓绿，使商城在神奇植物的装扮下显得分外妖娆。

"空山新雨后，天气晚来秋。"不过现在不是秋天，此地也不是山间，但想着这样优美的诗句，欣赏着如许的美景，沐着初夏的清风，人们的心灵深处应该是荡涤掉了贪心的尘埃，都应该存在一片净化的圣地。

经过一晚的休息，人们又开始了一天的繁忙。街道上到处都是赶着上班、读书以及早早起来晨练的人群。不过，纵有良辰美景，除了一些晨练的人之外，其他人根本没有时间多看一眼如许的美景，这些景观在人们眼中也不过是一种摆设而已。紧张的学习与激烈的工作竞争，使他们没有太多的时间来欣赏、体会这样的美景，但清新的空气和赏心悦目的带有层次感的绿色植物，可以使人缓解疲劳。因此在间隔的空隙之中，人们应该感谢神奇大自然的赐予，要不，地球上没有绿色植物，人们就不会感觉到眼前的无限美好了。

马小宇今天上学可不一般，因为他还带着杜大伟一道上学。刚到街道上，他们就看到了自己熟悉的同学。大家一起有说有笑，慢慢组成了一个比较庞大的上学队伍。

后来的几天，马小宇与杜大伟同吃同住，一同学习。

"每一次，都在徘徊孤单中坚强，每一次就算很受伤，也不闪泪光，我知道，我一直有双隐形的翅膀，带我飞，飞过绝望。我看见，他们拥有美丽的太阳……"杜大伟一边哼着歌曲《隐形的翅膀》，一边不停地做着作业。现在他心中有太多的感慨了，特别是从马小宇那儿学到了一些功夫之后，感觉到自己的整个人生都已发生了巨大的变化，因此他要加把劲，将所有的功课全部赶上来，希望自己成为不再讨人嫌的那种人。

这时，班上已经来了很多同学，听着杜大伟变调的歌声，不少人皱起了眉头，其中最爱惹是生非的周娜又开始了她的恶搞，她似乎与杜大伟唱对台戏一样，也大声地念着："你帅你帅，头顶一窝白菜，身披一条麻袋，腰缠一根海带，自认为是东方不败，其实你是猿神二代。"

杜大伟白了她一眼，他知道周娜肯定是针对自己来的，他不想去捅这个马蜂窝，好男不与女斗，他收敛了一下，惹不起躲得起，与她交锋不值得。

他知道自己在班上没有一点地位，除了马小宇与丁努努、叶梦琪对自己没有恶意外，其他人一概对自己没有好感，但他不怕，只有自己改好了，有了可以让人尊重的资本，才能让别人发自内心地接受自己，再到能够尊重自己，这才是自己最好的转变，这样才能对得起小宇他们那些好人，他在心中暗暗地想着。

最近他尽量改掉自己的不雅行为和坏习惯，努力将自己最好的一面呈现给大家，这也是一种追求上进，努力向全班同学看齐的良好表现。

这不，班上同学对他客气了许多，他现在可算是学校里的风云人物。原先其他班那些老欺侮他的学生，现在对他可好了，特别是那个李狲，总是从家中拿东西送给大伟。而且，受杜大伟同学的影响，其他人的不文明行为也都大大改善，许多恶劣行为也收敛了不少。杜大伟看着这一切的变化，他感到十分高兴。

好久没回家了，吵吵闹闹的父母不知是否因自己的不回家而有所清静。虽然他最怕回去，特别是怕见到一向得理不饶人的后妈，她可不是一个能让人顺心的善茬，但那毕竟是自己的家，不管她怎么做、怎样说，她还是自己的长辈，是自己的妈妈，想到这儿，他本来不想回去的念头慢慢就打消了。

最近杜大伟的心情相当不错，当他哼唱着小曲慢慢走到一栋非常简陋的平房前面时，从家中又传来父母开战时冒出的浓浓火药味，他痛苦地摇了摇头。

当杜大伟前脚刚踏进大门口的时候，后妈好像发现了新大陆一样，本来火是对着他老爸发的，现在她又有了可以发火的新对象。一股无名之火就如一场倾盆大雨将杜大伟从头到脚浇了个够，弄得大伟丈二和尚摸不着头脑，好久才明白后妈是为了一些钱不见了而大动肝火。大伟好言对后妈说："我几天没有回家，根本就没有看到你们的钱，要不，你再仔细问一问爸爸，或许他用了后忘记了。"

"不可能，肯定是你偷了。"后妈有点愤激地指着杜大伟，一再咬定是杜大伟拿了钱。

"我没有！我没有！"大伟此时脸上青筋直冒，他最不能容忍别人冤枉他是小偷，他最痛恨偷盗的行为。

他虽然人不怎么样，但从不做偷鸡摸狗的下流勾当，现在后妈诬蔑他，他的脾气一下子燃起来了，大声地进行辩驳。但后妈却一点也听不进去，反而讥讽他："既然没有偷，那么这几天又野到哪儿去了？不是偷了家中的钱，用这些钱在外面为所欲为，怎么应付得了自己的吃喝拉撒。我是不是点到你的软肋了，怎么样，没话可说了吧？"连珠炮发得让人招架不住。

"你要我怎样做才能相信我？我发誓真的没有拿。你无凭无据，凭什么栽赃我？"大伟有点歇斯底里地叫着。醉鬼似的爸爸，河东狮吼一样的后妈，杜大伟一点儿温暖也得不到，想在家中好好成长，简直是做梦。

他从家里冲了出来，在冷寂的街道上伤心地流着泪走着，好似一个无家可归的流浪汉，只能在街道上东游西荡打发难捱的时光。

肚子里早已唱起了空城计，加之情绪低落，他感觉自己十分的难受。一个人不由自主地、在街道上漫无目的地走着，满是忧伤的他，此时，不知哪儿才是自己的归宿。

马小宇与好友丁努努、叶梦琪刚好从街道上回来，"校园三侠"正在有说有笑地谈论着今天学校里有趣的事儿。梦琪说："现在班级里比以前好多了，特别是一些令老师头痛的问题学生，他们都慢慢变好了。"

"是呀，你们看没有看到我们班的杜大伟变得跟以前不同了，已经判若两人，太奇怪了。"努努也发表了相同的看法。

马小宇点点头，十分赞同他们的看法："大伟确实改变了不少。其他班级的那几个不良少年也突然之间变好了不少。"

"会不会与你给大伟传授武功有关？"努努问小宇。

"有可能，他有了武功就可以不再受制于人，这样就可以增强他的自信，这可能是大伟产生巨大改变的原因。"小宇分析道。

"有道理，看来这个软件真神奇，确实是一个了不起的好东西。"努努继续搭腔，心中对生命密码这个神奇的软件产生了无限的向往与遐想。

马小宇点点头："以后有机会我们三个还可以借助它进行特别旅行，就跟上次我们坐马博士的梦想号飞船是一样的感觉。"

努努与梦琪听了，十分兴奋，"那太好了，那太好了！"

正当他们三人沉浸在一片轻松与喜悦之中的时候，杜大伟一个人伤心地向他们这儿走来，突然他被一个人重重地撞击在地。他揉搓着自己被撞痛了的双手，正准备大发雷霆，将自己的无名之气向这个不知好歹的人发泄一通时，抬头一看，发现他们正是小宇、努努与梦琪，这不是"校园三侠"吗？

碰到理解自己的人，他有一种想哭出来的感觉，但在好友面前，他可不想这样，刚刚树立起来的形象，不想像昙花一现那样很快消失，但自己极力想要装出来的坚强还是难以掩饰悲伤，眼睛中闪烁的泪花暴露了自己的心事。

细心的梦琪关切地问："大伟，你怎么了，是不是又碰到烦心事了？"

大伟没有回答，不过他再也忍不住了，眼泪像珠子一样，一颗一颗地掉了下来。

他们带着大伟一起慢慢往前走，一路上，他们三人不停地安慰大伟，等大伟情绪稳定下来之后，他们才感觉到心情好过一些。

小宇对他说："你今晚就到我家去吧。"

杜大伟点点头，眼下也只能这样了。

化危为机

马小宇看着杜大伟在自家已经熟睡的样子，他陷入了沉思，担心杜大伟将来的发展，要是大伟刚刚树立起的信心又被摧毁，那该怎么办？

这时，他灵光一闪，马明起爷爷不是给了自己一个新纳智能软件吗，靠它进入时空隧道，弄清楚大伟到底发生了什么事件，才令他如此伤心。或许弄清了问题所在，就可以对症下药解开大伟的心结。

马小宇打开电脑，将马博士的新纳软件放入电脑驱动盘中，在输入装置中键入"杜大伟的今天"，运转了一小会儿，随着电脑运转速度的加快，小宇很快就来到了杜大伟的家中。刚到大伟的家中，只听见大伟的爸爸妈妈正在大吵大闹，为了不让他们发现自己，他找了一个隐蔽的地方呆好，静静地听清楚他们家发生了什么。

大伟妈妈大声地骂着她那酒鬼丈夫，每天就只知道醉生梦死去吃喝，太不顾家了，全家就靠她一个人撑着，特别是大伟爸爸喝了几两黄汤就认不得人了，在家里胡作非为。

特别令她生气的是她怀疑大伟爸爸偷家里的钱去赌博，这可是家庭的生活开支。大伟爸爸死活不承认，用缠夹不清的语气，一再声明他没有拿家中的钱，可能确实是没有做过，他的嗓门变得有理似的那样高声，火药味儿十足。看着这一幕，小宇想大伟生活在这样的家庭中怎么能有好心情，他真值得同情啊。

他们两个这样互相对骂争吵了一阵，一个怪人偷了钱，一个赌咒发誓说没有，一直相持不下。随着大伟爸爸酒兴发作，慢慢就不省人事沉睡过去。这样的争吵就变成了一个人无味的发泄，独角戏唱不下去了，正准备熄火。刚好这时杜大伟放学回家来了，没有发泄对象的大伟妈妈马上将矛头又指向大伟，口中不住地咒骂大伟，还怀疑是他偷了钱。

大伟心中的怒火又一下子升腾起来，他本来想回家好好学习，将成绩赶起来，重新开始自己的人生，可没想到会发生这样的事。这样的环境，如此的心情怎么能让他静心学习呢。生在这样的家庭，这是自己最大的不幸，他将书包一放，就冲出了这个可怕的家。在他身后传来后妈一声呵斥："你翅膀硬了，可以自由飞了，你有本事就别回来了！"

在一边旁观的马小宇理性地分析着，他想大伟的家庭矛盾就在于父母没有良好的沟通和信任，经常为了一点儿小事争吵。如此没有家庭温暖的孩子最容易成为问题学生，变成不良少年。现在只要找到这不见了的几十元钱，那么他们家庭中的矛盾就可以解决了，大伟心中的不快就可以消失，这或许才是最好的解决办法。

他运用时空眼进行扫描，寻找那不见了的几十元钱，好像有灵感似的，一下子就发现她那几十元钱就藏在枕套之中，这可能是大伟的后妈一时疏忽遗忘了，因此疑神疑鬼地怪这怪那，现在有了着落，矛盾就会迎刃而解。

于是他在一个适当的时机出现在大伟的妈妈面前，非常友好地与她打招呼，大伟妈妈一看是马小宇，她也知道小宇对大伟比较要好，因此才收敛起自己的不快，轻轻地应了一声，算是回应。

小宇对她说："阿姨，其实大伟是冤枉的。你的钱你回忆一下看看，有没有放在另一个地方，自己不记得了，你想想是不是放在枕套床柜等物件之中，你可以去找一找，相信很快就会有结果的。"

经他一提醒，大伟妈妈终于在枕套中寻到了钱。她记起来了，自己那天回来时将用剩的几十元钱藏在枕套之中，生怕自己的赌鬼丈夫偷了去赌钱。"是呀，我怎么一到心慌的时候就忘记了呢？看来是自己错怪了大伟。"此时她心中升起一丝悔意。

"阿姨不可随便冤枉好人，这样会太伤人的自尊心，弄不好还会造成严重的后果。你看现在大伟跑出去了，他肯定特别难受。"小宇一边提醒大伟妈妈，一边又提出好的建议，希望能让大伟生活在温暖的家庭之中。

大伟妈妈听了之后，向他点点头，有点不好意思地对小宇说："争取改改自己的脾气，尽量多给大伟以温暖。"同时感谢小宇对大伟的关心，她知道自己以后该怎样做了。

小宇看目的达到了，于是心满意足地离开，临走时他又说："阿姨，今晚大伟在我家住，你放心。你答应了的事，一定要兑现。"

大伟妈妈看着小宇，点点头，心里还是蛮感动的。

马小宇从电脑中回来，也不过是一小段的时间，大伟还在熟睡。完成了这样的好事，小宇的心里感到十分开心。

今天太疲倦了，他伸了一个懒腰，一阵睡意袭来，他倒在床上，很快就进入了梦乡。

往事回眸

"你总是心太硬，心太硬，总是一个人独自垂泪到天亮，痛苦的事都是一个人扛……"在七年级八班的教室里，一向比较搞笑的周娜用怪腔怪调的声音唱着自编的歌词，吸引着同学们的目光，教室里不时传来同学们的笑声。

她一边唱着歌，一边不住地将眼光扫向杜大伟那边，杜大伟瞪了周娜一眼，没当回事，又继续看自己的书。经过近几天情绪调整，大伟的后妈也对错怪大伟的行为进行了道歉，家庭关系缓和了很多。大伟想自己应该可以化解一切对自己不利的因素，好好努力，争取做更好的自己。

教室里又归于平静，大家开始翻看自己的作业，一派认真忙乎的景象。

突然，班上的王经文向全班同学高喊："我的钱呢？不好，我爸爸给我买点读机的两百块钱不见了。"

他这一喊，将本来已经恢复平静的教室又乱了，与他同桌的朱明明问他把钱放在什么地方，可他什么也不知道。在他周围的其他同学也七嘴八舌地说，他们可没有拿。王经文正感到十分纳闷。

周围的同学为了脱掉干系都离开了教室这个是非之地，生怕羊肉没吃到，反惹一身骚。但教室里有一个人例外，那就是杜大伟，他可没有管这些，他心里这样想，反正自己又没有拿，干吗要这样畏畏缩缩，显得多不正大光明，自己是身正不怕影子斜，他继续在教室里温习功课。

坐在离他不远的王经文看到这一幕，他开始大放悲声，自己好好的两百块钱就如此打了水漂，是哪个没良心干的？

这时，班主任刘老师听到教室里闹哄哄的，她也不知教室里到底发生了什么大事。她走进教室非常惊讶地问王经文："到底出了什么事？"王经文一五一十地将自己两百块钱突然失踪的过程跟刘老师解说清楚。

刘老师听了之后，安慰他说："不用着急，你好好想想，是否有可能放在其他什么地方？"

"没有呀，我从家中拿来钱之后就直接到了教室，中途没有再去其他地方，然后等我做完作业之后，想拿钱出来看看，准备等放学时去买点读机，这时才发现钱不见了。"王经文打着哭腔说。

"那你有没有找其他同学了解情况，或者找他们帮你寻找一下，或许钱放在你书包的某一个角落，没有找到也不可知。"

"我都已将书包翻了个底朝天，一遍又一遍找了都没有，问了同学，他们也没有看见。刘老师，您一定要帮我想想办法。我怀疑另有其人。"他说着，将眼角的余光向杜大伟扫了一下。

杜大伟浑身不禁一颤，他心想：现在全班同学都说他们没有偷，没有拿，现在王经文已将矛头指向了自己，怀疑是自己偷的。可自己这一向改正了不少，从来没有干任何见不得人的事，因此，他认为自己完全可以不予理睬，自认只要身正不怕影子斜，自己没做亏心事，夜半就更不怕鬼敲门，这样一想，也就显得襟怀坦荡，于是若无其事，只管做自己的作业。

刘老师看向杜大伟，心中好像明白了王经文的怀疑，她试探性地问："杜大伟，你知不知道王经文的两百元钱，看没看到他的钱去了哪儿？"

"老师，我不知道他有没有钱，更没有看到过他的钱。"大伟真诚地对班主任说。

"那王经文的钱到哪儿去了呢？这可真是一个令人烦心的事儿。"她没有证据，因此不太好去怀疑杜大伟，只好试探性地问他。

"老师，你这是什么意思？是不是怀疑我拿了王经文的钱？我可以明确地告诉你，我不屑做这样的勾当，也不会做如此缺德的事情。"大伟端正身体，大气凛然地说。

"为了避免嫌疑，脱掉自己的干系，你能不能让我们看看你的书包，这样才能相信你。"王经文明显有点底气不足地说。

"你为什么不搜全班同学的书包，单单只怀疑我一个，你是什么意思？"大伟有点脸色不悦地说。

王经文说："其他同学都说他们没有拿，因此……"

其实大伟的口袋中就有两百元钱，这可是回心转意的妈妈为了补偿他，给他买学习机用的钱。王经文一再要求搜查，要是将身上的钱搜出，又刚好是两百，那自己就是有一百张嘴也说不清楚啊。

他们这样无端怀疑自己的做法，对他简直是一种极大的侮辱，大伟显得十分的反感，脸色开始有点不大好看了。

于是他直接掏出了自己身上的两百元钱说："这是我妈给我买学

习机用的钱，不信你现在就可以打电话问问她。难道身上有钱，就有嫌疑吗？"他反问道，带着讥讽的语气。

王经文一口咬定这就是他的钱，事情便这样争执不下。

现在是跳进黄河里也洗不清了，杜大伟心里此时失望到了极点，他心想，原先自己读过欧亨利的一篇小说《警察与赞美诗》，现在自己就又滑入了非常相似的一幕，为什么一个人要变好一点点会这么难呢？自己刚刚想改好一点，但别人总是低看自己一眼，这个世道真是变了。

他夺过自己的钱，放好自己的东西，一阵风似的逃离了教室，丢下班主任与王经文在教室里目瞪口呆。

谁也没有去关注伤心欲绝的他，世界在他的身后显得一片迷蒙。杜大伟一个人伤心地离开了学校，刚刚在心里建立起来的自信心又全消失了，顷刻瓦解了。

他极度悲观与失望，在内心不住地呐喊："为什么？到底是为什么？我为什么总是碰到这样多不通情理的人和事？为什么不公和灾难总是频繁光顾自己？"他不停地质问着。

他一路漫无目的地在街道上徘徊着，学校是自己的伤心之地，以前还幻想在学校有自己的未来，现在已经不再留恋这里，自己不想再踏进校园一步。家中刚刚扭转过来的关系，同样是时时暗流涌动，这座危险的火山随时都会爆发。

他灰心失望到了极点，任脚支着一个没有灵魂的躯体，在街道上随意乱走。

失去的不会再来，家庭以往的融洽难再恢复，自己快乐的童年，似乎已经一去不返了。

他的思想开始了转变，以前相信自己能获得同学，特别是像马小宇、叶梦琪和丁努努等的尊重，能从他们那儿得到支持与温暖，但现在没有温暖，没有理解，没有可以讲理的地方，没有可以让人改变的机会，没有让他能够生存的空间。

此时的杜大伟满眼都是对人对整个世界不信任的眼光。

他心事重重，开始了自己的堕落和消沉。

逃学事件

王朝阳校长听了七年级八班班主任刘佳丽的汇报之后，他一再强调要将事件的来龙去脉弄清楚了，对学生中间发生的一些事件的处理一定要慎之又慎，千万不能草率。

商城中学七年级八班的杜大伟逃学后，在学校引起了轩然大波。对此特别关注的是马小宇、叶梦琪与丁努努，因为"校园三侠"刚刚对大伟进行了劝解，特别是马小宇还专门到杜大伟家做通了他父母的工作，原来没有上进心的杜大伟，明显有了好转，这可是令他们三人感到欣慰的良好开端。

马小宇决定对整个事件进行一次详细的调查，不把此事弄个水落石出，决不收兵，他迫切想要拯救杜大伟，要不大伟的一生就会完全被毁掉的，他这样想着，开始着手调查这件事。

马小宇在放学的时候，一直在想着这不可能发生的事情，心想其中一定有问题。

他与叶梦琪、丁努努三人约定在放学后，到街道上去找杜大伟，一定要还杜大伟一个清白，想想他在未来的那个糗样，毕竟那是未来，说明现在还是可以改变人的一切的。何况马爷爷的生命密码智能纳米机器人医生已经进行了调整，将来的世界应该也会发生新的改变，因此要想办法，千万不能让杜大伟的人生变得如此阴暗。

街道上到处都是行色匆匆的各色人群，放学后的学生人群，刚刚下班的人群，都赶在这个时候汇成了一股巨大的人流，"校园三侠"一路寻来都没有发现杜大伟的踪迹。

这时叶梦琪提议说："杜大伟应该不会待在人流比较多的地方，我们不如到他经常去的地方看看，或许能找到他，怎么样？"

"对，很有道理，我们怎么就疏忽了呢？"小宇与努努异口同声地说。

"那大伟一个人又会经常去什么地方呢？"努努用脚踢开街道上的一个小石子说。

"他好像最喜欢去人民公园，不如我们先从那儿找起，或许能找到他也未可知，你们认为呢？"叶梦琪继续以她的细心进行分析说。

马小宇与丁努努听了，都认为有道理，于是三个人就开始向人民公园跑去。

在一个比较偏僻的角落，他们发现一个熟悉的身影蜷缩成一团，身体正一抖一抖地抽泣着。小宇他们三人走近一看，这不正是他们要寻找的杜大伟吗？

马小宇大声地叫着："大伟，大伟！"

杜大伟抬起头看了一眼，发现是马小宇他们，他感到十分奇怪，就问马小宇："小宇，你们来这儿干什么？"

小宇对杜大伟说："我们是专门找你的，我也知道你在学校里所碰到的事情肯定是冤枉的，我相信你绝不会做出这样不体面的事来，因为我认为这不是你一贯的风格，对不对？"

"但现在这样说还有什么意义呢，王经文一再咬定是我偷的，我是跳进黄河也洗不清，我只好离开，这或许就是我这个人的命运。"杜大伟情绪异常低落，十分无奈地说。

小宇开导他说："大伟，你不要悲观，事情并没有你说的那么严重。我一定查明真相，还你清白，你振作一点，好不好？"

"算了，我没有拿王经文的钱，这是妈妈找到钱以后，她特意奖励两百元钱给我买学习机的，但嘴生在他们身上，谁叫我在他们心目中的印象不好呢，让这一切都过去吧，都成定局了。我也不想再读书了，学校已经成为我的伤心之地，再待在那又有什么意思呢？感谢你们对我的关心，我会永远记住你们的，你们才是我最真诚最要好的朋友，我在此谢谢你们！"大伟说完就默默地离开了"校园三侠"。

小宇对同伴分析说："从刚才的交谈中，可以看出大伟思想十分低沉，不过，从这件事中，我明显可以感觉到大伟是无辜的，他是被冤枉的，他受到委屈，却没有人能为他伸张正义，我们一定要想办法拯救他，要是放任下去，他这一生就真正完了。"

叶梦琪也赞同小宇的分析，她补充："我们应该去了解一下事件过程，或许从中可以找到突破口。"

"对，不如先从王经文处入手，看看他的钱到底丢在哪儿了。"一直插不上嘴的丁努努做出理性的分析说，"何况他也没有亲眼看到杜大伟偷他的钱，怎么能肯定就是大伟呢？假若我身上也有两百元钱，是不是就可以怀疑我呢？这不合逻辑呀！"

小宇认为他们两个说的都很有道理，最后三个人商量了一下，认为还是先找王经文了解情况后再做下一步打算，于是"校园三侠"说做就做，马上将队伍开向王经文的家。

当马小宇、丁努努和叶梦琪出现在王经文的家门口时，刚刚出来准备去串门的王经文妈妈，看到来了这么几个同学感到十分惊讶，不知王经文在学校出了什么事，正准备对王经文大喊大叫的她，被马小宇他们阻止了。

一向说话比较有条理的马小宇就将近来在学校里所发生的事向王经文妈妈说了一遍，现在因这件事已经严重伤害了一个人，甚至可能影响到一个人未来的人生，因此他们想向她了解一下她把钱给王经文的过程。

"啊，你们所说的是这么一点小事啊，其实经文的钱没有丢，是那天他拿了钱之后，因为粗心忘了带走，就放在枕头下面。他这个人总是丢三落四，大大咧咧惯了，这种坏毛病可不好，真是想改都改不了。"王经文的妈妈轻描淡写地笑着说，完全将这件影响极坏的事情不当一回事。

"这个王经文也太坏了，自己的钱没有丢，为什么不向大家说明，反而诬陷他人，现在害得杜大伟为他背黑锅逃了学，未来会因为他的无良而害了杜大伟的一生，真是太可恶了。"现在真相大白，马小宇他们三人听了事情的来龙去脉都义愤填膺，抑制不住自己的情绪责备起王经文来。

听到"校园三侠"骂自己的儿子，王经文的妈妈可有点受不住了，她脸露不悦地对他们三人说："你们都是学生，怎么能这样出口伤人呢？"

小宇知道他们三人刚才有点失态，于是不好意思地对王经文妈妈道歉说："阿姨，对不起，我们刚才真是太生气了。不过，你不知这件事对另一个同学伤害有多大，我们班的杜大伟被冤枉偷了你家王经文的钱，他因为得不到别人的理解与信任，已经逃学了。本来他就出生在一个不幸的家庭，过的是非常低微而不幸的生活，现在可好，刚刚好起来的他又跌入了人生的深渊，一个人在外面流浪，他受到了不应有的折磨与误解，我们是在为他打抱不平呀。"

听马小宇这样说，王经文的妈妈感到事态确实是异常严重，非常担忧地说："为了区区的两百元钱，他被这样冤枉，真是我们的罪过，我得赶紧向学校老师好好说清楚，千万不能再让这个孩子受委屈。"

王经文的妈妈看到因自家孩子的一件小事，而弄得另一个孩子逃学，心里也是十分难受。她说完之后就风风火火地赶往学校，心里一直想着要好好安抚一下这个孩子，让他重新回到学校。

她赶到学校的时候，学生都离校了，幸亏她在学校办公室里找到了还在处理事务的王朝阳校长。她慌忙将儿子王经文的钱没有丢失的事向校长做了说明，并恳请校长一定要把那个受冤枉受委屈的学生找回来，要不他们一家都会很内疚的，言辞十分恳切，体现了一位母亲的善良与仁慈。

校长答应了她，感谢她把这一重要信息及时汇报给学校，将她送出校门之后，马上给刘佳丽老师打电话，交代她一定要处理好这件事。

重返温馨

　　一间间低矮的平房一字排开，陈旧的砖瓦在寒风中不住地颤抖，油漆斑驳的门楣看不出家庭的喜气，有点衰败不堪的景象使这家更透出一份寒酸与无奈。

　　下过一场透雨之后，人们感受到秋寒的不适，一场秋雨一场凉，现在人们真正经历了冰火两重天的巨大考验了，前两天气温还高达三十七八度，今天一下子就降到了十多度，但这时杜大伟的家里却一点寒意也没有。

　　七年级八班的班主任刘佳丽老师，还有马小宇、丁努努和叶梦琪他们正聚集在杜大伟的家中，其实杜大伟的父母还并不知晓，杜大伟已多日没有到学校读书的事实。

　　突然之间来了这么多的同学，连班主任老师也大驾光临，这可是破天荒的头一遭，弄得他们俩手忙脚乱的，大伟妈妈叫大伟又是搬椅子又是泡茶的，好不忙碌。

　　不过看着这十分凌乱的家，加之自己一向身体不太好，房屋中还有一股煎药留下的怪味，大伟妈妈有点不好意思地说："你们看，这像个什么家，乱成这样，你们来做家访，真是我们莫大的荣耀。"慌乱中不知说什么好，停顿了一下，她仿佛反应过来了，心里有点不安地说，"啊！老师，大伟最近是不是在学校做得不好，是又做了什么坏事？那真是给你们添麻烦了，你们可得饶过他，他可是变得比以前好了。"

刘佳丽不好意思地拉着大伟妈妈的手说："大伟妈妈，不，不是这样的，大伟很好，这次是我来向你、向大伟道歉来的。"

大伟妈妈一听，这可是破天荒的事儿，一时有点搞不清状况，愣在原地不知说什么好。

"校园三侠"没管他们大人的事，他们则和大伟进入了里面，小宇与大伟进行了沟通，十分同情大伟的遭遇，特别是对他所遇到的不公大鸣不平，不过还是希望他能克服眼下的困难，好好学习，与他们一道共同进步。

大伟开始还是情绪低落，但小宇他们三人轮流进行劝导，并说以后有什么问题和困难尽管与他们说，他们一定会尽力帮助解决的，好说歹说，磨破了嘴皮子，大伟才有了笑颜，答应重回学校。

几个人在里面说了一通话之后，听见大伟妈妈喊小宇他们来外面吃东西，他们才从里面出来，一边吃着东西，一边听着班主任与大伟妈妈的对话。

从大伟妈妈的话语中可以判断，杜大伟可能一直没有说穿他没有来上学这件事，或许他这几天白天在外游逛，夜晚才到几个朋友的家中歇息。

其实这个孩子还是很体谅父母老师的，没有将这件事向家长汇报，刘老师想到这儿，发觉大伟还是一个十分孝顺而又善解人意的好孩子，以前自己不太关注他，以至伤害了一个需要加倍呵护的可怜孩子，真是太不应该了。

看到大伟这个家徒四壁空空如也的房子，一台早已掉光了漆的十四寸金星黑白电视机，一张看着好像风一吹就要摇晃的破桌子，没几件令人看得上眼的家具，特别是他的父母已经不再健康不再年轻。生活在这样的家庭，大伟还选择与命运抗争，真是了不起。刘佳丽十分后悔自己以前太不关心自己的学生，太不了解他们的情况了，为什么自己那样冷漠，为什么就不能将自己的关爱多给这样可怜的孩子。刘佳丽深深地自责着，善良的她不由地流出了悔恨而又伤心的泪水。

过了好久，她才调整好自己的情绪，慢慢从自责中缓过来，下定决心地对大伟妈妈说："大伟妈妈，今天我们是来了解一些情况的，以前我们对大伟关心得太少，使这个可怜的孩子吃了不少苦，以后你们放心，我们会更加关爱大伟的，鼓励他做一个优秀的好孩子。"

大伟妈妈对刘老师十分感激，一再说着："谢谢，谢谢！"大伟在旁边看着这一切，本来一直没有说话，加上对刘老师心存芥蒂，只是听妈妈吩咐机械地做着什么，不过听到这儿，他冷漠受伤害的心开始复苏，坚冰也开始融化。确实如此，世间没有过不去的火焰山，也没有融化不了的坚冰。刘老师也并非如此不通人情，想到这，他的眼泪控制不住地从眼角悄悄滑落，他的心里大受触动，他对学校完全抵触的情绪开始解冻。

看到杜大伟在一边默默流泪，刘老师走到杜大伟跟前，用手抚摸着他的头说："大伟，老师以前对你关爱不够，是我的失职，其实你是一个相当不错的孩子，我也为以前对你做过的不好行为深深道歉，希望你能原谅老师，老师也会真诚接受你的批评，我们重新开始，重建美好的师生关系，你说好不好？"

大伟点点头，其实老师能来他家，他早就已经原谅她了，刚才她这番发自内心的真诚道歉更是诚心，让自己很受感动。因此，现在，说什么都不能让曾经教过自己的老师难堪了，再在内心自责了，于是他就一扫心灵的阴霾，露出阳光的笑容，大度地答应了老师，说从明天开始，继续来校读书，争取做一个优秀的好学生。

　　一轮皓月当空照，清风朗朗心气明，刘佳丽如释重负，感觉到眼前一片光明，现在一切问题都解决了，没有造成巨大的遗憾，一切都还来得及挽救，这是不幸中的万幸。

　　"校园三侠"也是开心到了极点，一路欢声笑语地和刘老师一起离开了杜大伟的家。走到一个分岔口，他们要分路了，刘老师交代他们三人快点回家，不要再在街道上逗留，听到马小宇他们三人的回复之后，然后才转向另一条通向自家的公园小径，脚步轻松地踏上了回家之路。

再访博士

　　最近，学校针对杜大伟事件，在全校召开了师德师风整顿会议，针对学校存在的一些问题，不管是隐性的还是已经暴露在外的问题，要求所有老师以此为鉴，做好全面剖析与自我批评，这在很大程度上整顿了教师队伍中的不良风气，大大提升了教师的职业道德水平。

　　看着这一切惊人的变化，原先还很忧虑的马小宇开心得露出了笑容，他想起了一个成语："塞翁失马，焉知非福。"或许这个事是一个最好的安排。

　　小宇想到这儿，内心也是万分高兴，如果没有什么变故，学校教育观念能逐步按照科学人性化的方向发展下去，那么未来的教育就不会偏离健康的发展航向。

　　今天，好不容易又到了放假的日子，小宇好久没有去看望马明起爷爷了，整天忙于学习，特别是在为解决杜大伟问题的过程中，自己疲于应付，十分疲倦。他有一种想去放松心情的想法，但一个人去又太没有趣味，不如叫上自己的好友丁努努和叶梦琪，或许他们几个人一起去兴致会更好，这样一想，他马上拿起电话拨通了丁努努家的座机。

电话一通，那边就兴奋地传来努努的声音："小宇，你找我什么事？"其实他也在家中待得沉闷，十分无聊，迫切地想找一些有益的活动放松放松，调适一下紧张乏味的生活。

"努努，你在家过得好吗？我可太无聊了。"小宇在电话中带着无奈的声调说。

努努快速回应说："小宇，我也是，我好想出去呼吸一下新鲜空气，可又不知去哪儿好。"

"那你来我家，我们一起到外面去走走，怎么样？"

"那再好不过，我正闷得心发慌呢。"

然后小宇又拨通了叶梦琪的电话，她也怀有相同的心情，很快三个人就都汇集到了小宇的家中，三个人你看看我，我看看你，每一个人都感觉到在学校这几天学习生活的无聊与沉闷。

小宇说："我们不如去做一些有意义的活动，怎么样？"

"好呀，那要干什么呢？"叶梦琪好奇地问。

努努说："在我们看到的未来里，大伟是一个无用的小混混，可是我们努力帮助他之后，他的未来是不是发生了改变呢？"

梦琪说："以前我们闯入过未来，今天不如再去看看，大伟是不是在我们的帮助下发生了改变，怎么样？"

梦琪这句话正中小宇下怀，这样既可以去看望马明起爷爷，又可以借助他的梦想号飞船再到遥远的未来去游览一番，于是他马上赞同梦琪的提议。努努听说可以再去未来，看看将来的世界，他也是满脸的期待。

说做就做，他们三人很快就收拾好房间，准备出门到博士的家中去进行一次特别的探访。

走到街道上，假日更加显得热闹非凡，商店里的商品琳琅满目，显示出现代化都市繁华富庶的浓郁气息。

商城经过近年来的发展，各项综合指数都大幅度提升，逐步挤进全国比较有名的卫生城市行列。整个城市给人一种十分庄严、舒适整洁的感觉，到处都是穿梭人群流动的风景。街道上车水马龙，宽阔的公路上干净整洁。

隔离带花坛中的紫薇、桂花、杜英、红枫和石楠等各种绿化树装点着美丽的城市。四季有花，绿色宜人，看着给人赏心悦目之感，让人心中不由浮现出释绍昙所写的美好诗句来："春有百花秋有月，夏有凉风冬有雪。莫将闲事挂心头，便是人间好时节。"真是令人心旷神怡，和风满面。微风吹拂，孩子们脸上的沉闷很快就都消失殆尽。

马小宇与叶梦琪、丁努努三人有说有笑谈论着学校里的事情，很快经过几条长长的休闲通道之后，前面不远处一个翘起翘角的标志式建筑耸立，在靠近人民公园的一角，那是由政府建设的、给为国家做出突出贡献的专家享用的高级休养院，整栋休养院就掩映在绿树翠竹丛中，显得十分静谧庄严。

马上又可以见到马爷爷，三人心情都有点激动，他们很快就来到了马明起博士的家门口。当他们正准备去敲马博士的门时，刚好马博士也想出去外面散步，突然之间看到小宇这几个小鬼来访，他有些吃惊，有点结巴地问："小、小宇，你、你们怎么来了？"

小宇亲切地打招呼说："马爷爷，您好，我们好久没有来看您了，我们想您啦！"

马爷爷笑着摸了摸三个孩子的头，十分高兴，非常愉悦地说："欢迎，欢迎，欢迎你们光临。"

"马爷爷，您可知道，这段时间我们多想您啊！"小宇带点撒娇的口吻亲昵地说。

马明起博士非常热情地将小宇三人邀请进屋。几个人一坐下来，马小宇就将学校近来的学习和生活全部向马明起爷爷说了个遍。

马博士听着，在旁边不住地点头，当他知道学校有一个叫杜大伟的学生，在这次经受巨大委屈的事件时，他也为此感到痛惜，十分同情。他建议小宇他们继续多帮助大伟走出心灵的阴霾，帮别人也是帮自己，同学之情是最纯真的，千万不能让大伟放任自流。

小宇他们三人都点点头，说他们会在以后的学习生活中继续关心大伟，让他成为三人的好朋友的，这时小宇向马博士提出是不是还可以借助梦想号飞船，去未来转转。

马博士看着他们三人，带点取笑的口吻说："我说什么来着，上次你们还没有闹腾够，不怕遗忘到未知的地方回不来吗？还记得上次吗，要不是我发现得早，你们还不知会有什么后果呢？"

"马爷爷，您就让我们再去看看嘛，"小宇拿出他最会缠人的本领，开始在马博士面前施展功夫了，"上次是我们没有把握机遇，这次一定会注意，保证不会再出现任何意外，您放心。"

"我不是不肯，小宇，你可知道，你们对未来不能知道得太多，就有如神话所言，天机不可泄漏。况且你们去多了未来，对将来有太多的了解，这对你们的发展是不利的。"马明起博士对他们三人晓以利害。

"马爷爷，您放心，我们就想看看大伟的未来有改变没，我们所看到的一切不会向任何人透露的，我们向您做出保证，好不好？"小宇在一边试探性地回答。

"既然你们能做到这一点，那么我就没什么好说的，以后千万不能将你们所看到的一切向任何人透露，因为这也是不符合自然发展的规律，一旦弄错了，或是随便干预更改了历史的发展进程，打破了进化的平衡，人类就会受到自然规律的制裁，知道吗？"马博士向他们三人再次强调。

孩子们都懂事地点点头。得到马博士的许可之后，孩子们就随马博士来到了停放梦想号飞船的房间。三人鱼贯而入钻进梦想号飞船，马博士在外面给他们合上舱门，蓄势待发。这次马博士怕他们在未来再发生意外，还是将时间做了保守性的调整，这样他们既可以自由飞往未来的任何一个时段，同时自己还可以做好监控，一旦发生不测，就可以随时让他们快速返回到现实中来。

小宇看到努努与梦琪都坐好了，只等自己来发指令，他将时间定在2069年，地点还是商城，离现在也就过去不足五十年。他输入之后，马上就将启动按钮一按，一阵轰鸣声音传出，轻微的振动由慢向快变得激烈起来。他们感觉到梦想号飞船好像在快速旋转，达到接近不可控的速度，刹那间，梦想号飞船就从马博士的房间里消失了，他们开始了到2069年的旅行。

闯入未来

　　梦想号飞船经过一段时间的飞行，很快就来到了2069年的一个未来大都市里，那就是他们十分想去见识的未来商城，希望在这里能解开他们心中的谜团。

　　马小宇三人从飞船中探出头来，首先就有一个比较鲜明的感觉：这可不是他们以前到过的印象中的商城，这里可以自由停靠在空中的各种飞行器比比皆是，未来的人们借助各种飞行器在空中不停地飞来飞去，有如快乐的小鸟可以不受任何限制地飞行。他们完全被这种方便快捷的交通工具所吸引，生出一种羡慕之情，在他们的年代根本就达不到这种发达的程度。

　　各种高层建筑更是一座座高耸入云，鳞次栉比，小型直升机在各栋大楼间飞来飞去，更奇怪的是有许多可以垂直起降的各型飞机，不需要占用很大的场地，也不像现在动不动就需要修建长达几千米的起降跑道，停在空旷的广场就可以随时待命随时起降。看着这一切，小宇他们三人算是大开眼界了，现代化的发展真快，看到这熟悉而又陌生的一幕，真是令人眼花缭乱、目不暇接，心里有种扑扑跳的激动。

他们选取了商城市一栋最高的大厦，一切准备妥当之后，梦想号飞船一下子就停在这栋超级大楼的顶部。这栋大楼可大了，楼顶上面看来足足有四五个足球场那样大，不过空旷的楼顶看不到一个人影。只看见远处投射出几个虚拟的立体大字——201环球大厦，可能就是这栋大楼的名字吧，这倒方便他们从这儿开始辨识这个城市的方位。

他们无所顾忌地准备走出飞船，飞船门刚一打开，一股强风就刮向舱口，给他们一种非常不适的感觉。好不容易稳住身体，慢慢探出飞船，刚踏上大楼的坚实楼面，接着又是阵阵凉风不停地向他们灌来，稍微不注意好像就会被吹倒似的。他们只好小心翼翼地抓住梦想号飞船的把手，试探地抓住大楼上设计的一些可供手抓牢的东西，才感觉到比较稳妥，消除了要是站立不稳就会被风刮走的害怕心理。

在大楼的四周树立起许多接收太阳能的高级硅板，这可能是超强聚集太阳能的发电装置吧。还有许多奇怪的接收装置，不知是做什么用，上面写着能源微波接收器，不知是不是外太空的能量接收器，这也是他们早就从科普读物里知道的东西。听说以后可以利用太空强烈的阳光进行发电，或是在月球建立发电站，将电能等能源采用微波的形式，传送到遥远的地球，从而解决地球的能源危机。或许这项技术在这个时代已经得到应用吧，小宇看到这些装置对其他两人解释说。

大楼的屋顶根本没有人停留，一阵大风袭来，叶梦琪有点站立不稳，幸亏小宇扶住了她才没有栽倒。她不由得倒吸一口凉气，惊呼道："这儿的风真大！"毕竟她这是站在未来的201环球大厦的顶层，向下俯瞰，感觉就如站在半天云中一样，她从未站过这么高，因此有点头昏眼花，感觉到有点害怕。

不过男孩子胆子还是大些，努努一出舱门就大声惊呼："未来，你好！"显示出从未有过的兴奋与惊喜。

　　但大楼顶上没有其他人，他的大声喊叫都被大风吹得无影无踪，这时他们才感觉到人类在巨大建筑物面前的渺小，而人类创造历史创造世界的力量是多么的伟大！多么的令人惊讶啊！

　　马小宇看着他们来到未来所显示出来的新奇感，他欣慰地点点头，这才是他们希望看到的未来，这才是世界向前科学发展的最好方向，想想以前曾经去过的那个年代，真是太可怕了。在上面逗留有一段时间了，小宇提醒道："我们不能在上面耽误太多的时间，还有许多正事要做，找个楼梯口下去吧！"

　　然后他们三人就沿着一个楼口，找到下去的快速电梯。从最上面的电梯下到第二部电梯，他们要穿过一条风洞式的通道，从外面吹进来的强劲风流通过风力加速发电机之后，风势在里面明显减弱，可能全部转化成了电能。难怪飞行器这么多不会撞车，因为基本上看不到现实中经常让我们头痛的电线，说不定现在的电能是通过无线传输的呢。特别是现代化的楼宇建设可能都是采用高效节能低消耗的设备，除了顶楼使用太阳能之外，在各楼层之间都建有特别的高效能风力发电装置，这些电能基本可以满足电梯运行与生产生活用电的使用负荷，在如此一栋大楼里，人们上上下下一点也不会感到不适。但有一个令小宇他们感到不解的地方，那就是在整栋大楼中各种设施一应俱全，有娱乐活动场所、有商店、有医院，有商务会所，有生产车间，有学校，他们仿佛还听到有学生在大楼中上课的声音。还有一个奇景，那就是在空旷处的几个空中农场，既可以为大楼提供新鲜空气，又可以生产绿色食品，很多的粮食与蔬菜都是由这些空中农场与生产车间共同生产出来的。他们感到十分的惊奇，未来的发展真是一日千里，不可与我们那个年代同日而语呀！

由于各种高楼大厦如雨后春笋般冒出，特别是这栋新冒出而他们从未见过的201环球大厦，导致他们不知现在这儿的地标式建筑到底是怎样来确定的，原先最高的城市地标五彩峰，已经从一览众山小变成了小不点，现在可能已经完全被人们遗忘了。因为一切都被现代化的高速发展所改变，三人站在未来的交叉路口，一时摸不着头脑，感到非常迷茫与不适。

此时努努开口说话了，他说："现在，我们也不知到了哪里，不如先到地面，看看城市地图，了解商城的大致面貌，我们就可以知晓这儿未来到底发生了怎样的变化。"

小宇点点头，同意他的建议，于是三人继续乘坐电梯。可能有几万或十几万人同时生活于这栋大楼吧，数不清的电梯在不停地运转，接入非常方便，上下快捷，一点儿也不紊乱，很快他们三人就下到了地面。

一直心有余悸的叶梦琪此时才有点适应，站在高耸入云的大楼上，她一直没有踏实感，现在好了，她没有出现眩晕找不着地的感觉。

小宇扶着她，关切地问："现在好些了吗？不仅是你，我也有相同的感觉，未来的发展真是惊人。"

"没关系，现在好多了，这可是我今生去过的最高的大楼。"梦琪看着小宇惊奇地说。

站在一旁的努努这时也心潮澎湃，异常激动地发表感慨说："这儿的建筑真雄伟，站在顶层就有点摇摇欲坠的感觉。不过，我可不怕。你们想想，商城不过是一个都市，在未来，商城在全国甚至全世界可能都只是三四线的城市而已。你们知道阿联酋在迪拜建设了一栋838米高的摩天大楼，日本在他们的首都东京正在酝酿建设一栋2000

米高，可以称雄世界的超级摩天大楼。我们刚才所看的201环球大厦我估算也不过600米左右，在未来不过是小巫见大巫的高层建筑罢了，因此没有什么大惊小怪的。"

听到一向知识比较渊博的努努说得头头是道，小宇与叶梦琪都比较赞同他的观点。

201环球大厦的正门前面就是一条双向12车道的大交通干线，穿梭的车流在上面飞驰，下面又是城市地下轻轨。快捷的交通造就了这座城市的飞速发展，他们从地上的标线认出这是世纪大道，这可是一个新名词，以前从未听说过。新的建筑地标已经与以前完全不同，他们失去了参照物。既然从现有拔地而起的建筑中不能确定他们所在城市的位置，他们准备还是从人们一般不太喜欢改变的山峰来进行辨认。但举目四顾，到处都是高楼大厦，早已将向远处眺望的视线全部遮住了，没有办法，他们三人只好继续向前走，边走边看城市的新坐标，穿过这条世纪大道，拐进另一条比较宽阔的街道，大街上依然是川流不息，中间被隔离的快速车道也是涌入密密麻麻的车流，一派令人十分震惊的繁荣景象。

走了好久，他们终于走出了被高层建筑所遮蔽的中心商住区域，来到了一个公园，按方位来判断应该是以前的人民公园，但有点大变样。这时基本上可以看到四周的高山了，好不容易找到了五彩峰，这是唯一能帮助他们确定方向的坐标了。美丽的五彩峰在另一栋比环球201大厦稍矮小一些的震宇国际大厦后面。五彩峰的山顶上云雾缭绕，静谧地矗立在城市的一隅。"你好！五彩峰，我们来了。"三人终于都舒了一口气。

这可就是他们魂牵梦绕的、五十年后的商城市，来到这儿，不管它有多大的变化，城市进行了怎样的升级改造和扩建，他们都感觉到万分的亲切。不过，五彩峰在摩天大楼之林中显得十分低矮，不再雄伟，一点也不再像以前那么耀眼醒目了。

人民公园虽然是让人们进行休闲的好地方，可今日却没有多少人在里面休闲，除了看到一些行色匆匆的人之外，基本上看不到人闲逛，这与他们现在时代的公园里人满为患的景象截然不同，这可是他们碰到的一个大疑惑。人都到哪儿去了，冷冷清清，这是不可能的呀，他们感觉到不可思议。

马小宇、丁努努与叶梦琪三人没有顺着人民公园往前走，也不急着去上次曾经看过的母校商城中学，他们想长久地沐浴着未来新世纪的阳光，呼吸着新鲜诱人的空气。因此三人慢慢沿着街道边宽阔的人行道走着，许多没有见过的花木在花坛中盛开着迷人的鲜花，一阵阵特有的香味直接浸入人的鼻子，让人感觉到独特的清爽与怡人。各色形状的罗汉树，按照人类希望的形状生长，将最美的姿态展现给世人，同时还每隔一定位置就有一尊罗汉菩萨景观守在街道的花坛中。在他们现在的世界中比较常见的玉兰花，一路望去，可说是争奇斗艳，花色粉白清脆。它们经过改良之后，不但花期延长，就是花的颜色也突破了平庸，各种没有见过的黑色、红色的大瓣花成为花坛中的花中之王。一棵树上更是各色花争奇斗艳，融入了嫁接的新技术和基因重组技术培育的新品种，真正做到一年四季都能看到你希望欣赏到的花。

满身油亮的万年青没有先前的单调了，它们的叶片也比以前大了许多，显得更加华贵与雍容。还有许多他们没有见过的各种花木，但总的一条，不管怎样从哪个角度来观看，它们显示出来的美丽都是无可挑剔的。三个人一路欣赏，一路感慨不断，真有点流连忘返了。

开心愉快的时间过得飞快，他们三人在对未来绿色树木的研究与欣赏上就花费了不少的时间，按这样耽搁下去，他们还想再多看几个地方，恐怕没有时间了。他们想到去未来的目的，现在不能再三心二意了，必须马上去他们的目的地——商城中学，翻看校史资料或调查了解人物的未来变化，特别是杜大伟这个小子，是否已经改过自新，这可是他们本次闯入未来最重要的任务。

意外之失

穿过一些街道边的曲径回廊之后，偶尔可以看见从身边经过的未来人类，"校园三侠"尝试着对他们友好地打招呼，未来人也只是勉强微笑，没有其他表情，好像他们不处于同一个时代似的。这些他们来以前都研究考虑过，这可能就是未来人的生活方式吧，他们无法改变他们的现状。

走过人民公园，又穿过另一条通道，很快就走到了学院路街道了。他们三人在街道上四处游逛，在清晰的记忆之中判断着大概哪个方位是商城中学，哪个方向是原先售卖"生命密码"机器人医生的高科技药店。他们凭记忆在脑海中搜寻，从五彩峰这个最稳定的坐标，逐步明确了这个现代化城市的大致地理概貌。商城在几十年的发展变化中，已经将城区大大拓宽了。

原来的五一大道，现在虽然拓宽了，但比起那条世纪大道来，明显要狭窄得多，因为这是一条文明的古路，很多建筑还保留原貌，只是在特别影响街道通畅的地方稍微进行了改造，实行拓宽性的保护拆迁外，大多有特色的建筑只是进行了平移或是旋转式的整体搬迁保护，其他的都没有改变。走着走着，前面不远处就是销售生命密码的纳米智能机器人医生商店。既然到了这儿，自然是要进去看一看的，他们来到这个地方，里面没有了先前的火爆。人们已经理性地看待生老病死这个自然生长的过程，一味过分追求长寿的冲动得到了理性的抑制和对待。其实这一切都是拜马小宇他们三人所赐，上次他们从未来归来之后，泄漏了天机，将生命密码在未来滥用引发严重后果，打破了自然界正常的生命进化秩序这一情况告诉了马明起博士，于是情形开始在商城逐渐改变，也引起了所有人对这类药品的理性怀疑与科学使用效能的探讨。

马明起博士在对小宇他们三人从未来带来的信息进行分析之后，马上将生产的生命密码类产品进行了调整，人为地设置了一些限制。

这些高科技类新药在药店并不是可以敞开购买，还是要受到一定条件的制约，符合条件的人才可以购买，打破了人们普遍都可以无限期延长寿命的通例，对普通正常的人实行了限售，这样将生命密码的真正医用作用就完全发挥出来了。

只有属于不治之症或者是高危病人，通过获得一定的授权才可以购买，以减轻病人的痛苦，实行人类生命的健康延续。

这样一来，以前任何人都可以敞开使用的生命密码，在一定范围内得到了控制，人类的寿命又恢复了正常的自然增长状态。马博士及时将可能产生的不良后果纠正过来的科学决策，避免了自己的高科研产品贻害于未来社会，这是不幸之中的万幸。他对此也是万分的欣慰，毕竟，科学也是一柄双刃剑，做得好可以无限地造福人类，做得不好就会贻害无穷。

不过，从上次未来事件发生之后，马明起博士还是不想让小宇他们知晓未来太多的先机了，知道得太多，特别是他们了解到自己的情况过多过细，或许会影响到他们将来的健康成长。应该让他们自己努力奋斗，按他们自己的发展方向努力，只有这样才是最自然、最和谐的健康成长方式，这也是他一再慎重考虑让小宇他们少进入未来的原因。

在生命密码药店停留了一段时间之后，他们又来到了商城中学，学校面貌焕然一新，建起了几栋高大雄伟的新教学楼，显示出一种现代化少有的生机勃发的迷人魅力，人类在走上正规化的自然发展道路之后，一切都是以最科学最和谐的方式为指针向前发展的，再也不是上次进入到未来所看到的可怕景象了。

特别是原先进入校区的林荫大道，在现代人的眼里显得更加古朴幽深，有许多大树都是百年以上的古树，但依然生命力十分旺盛，树的上面还挂有许多温馨介绍的标牌，说明各棵树的科目与种属，有什么特性和突出作用，使人一目了然。

如此悠久的历史，这一切都已经成为学校最引以为傲的风景。他们从校门外往里面观察，发现现在的学校是随时对外开放的，毕竟受过教育的民众，他们的综合素质都是十分高的，人们的良好素养与社会公德已经完全与世界接轨，学校都成了开放式的文明场所。

他们三人装着若无其事的样子走进校门，听到不少学生在谈论着学校里最近所发生的趣事，个个意气风发，阳光开朗，身体矫健，丝毫没有压抑和苦恼。校园里有一路谈笑风生的，有看书阅读的，还有在校园写生拍照的，人人都率性而为，热情奔放，显现出无比的青春与阳光，幸福荡漾在每个学生的脸上。看着这一幕，他们三人都十分羡慕，他们装作是来参观的学生向他们打听学校的近况，作为同龄人，这儿的学生详细地向他们介绍了学校现在最基本的学习与生活情况。其中有一个比较热情的高个子同学对马小宇他们三人说："我们现在读书可自由啦，甚至可以在家中上学。老师将电脑终端设备与你的家庭电脑进行对接，你想上什么课都可以自由地通过远程对接来上课了，特别是在天气不太好的时候，不管刮风还是下雨，你都可以无忧无虑地在家里享受到学习生活，我们感觉到很方便，真是太幸福了。"

"有时你感觉到十分无聊，那么你又可以与同学相约一起到学校上课，这里既可以学习，又可以放松心灵与他们开展一系列的健身运动。"

在旁边的另一个十分秀气的小男生抢着补充说："我们现在到学校去，里面也没有什么不愉快的事情发生。我们按照课表来上课，实行一周四休制，放四天假又上三天课，这样我们就有大量的时间进行自学或是社会实践，来消化吸收所学知识，还可以组织同学一起到野外进行郊游。不过现在虽然可以不用来学校，可以完全实现在家读书，但我们还是喜欢来学校，一起在一个教室里上课，感受到一份难得的集体生活，这可有趣多了。假若是让我们待在家里学习，那可太孤独了。我们反而希望能长时间待在学校，与同伴在一起才是最高兴最快乐的一种享受。"

马小宇他们三人听了，都对他们高度自由的学习生活羡慕极了，这时叶梦琪好奇地问一个刚从教学楼里面出来的女学生："嗨，你好，你们学校从开办至今，是否出过一些特别有名的人物，他们是谁，能不能给我们介绍一下？"

"啊，你是说我们学校的名人哪，那可多了，"她好奇地问叶梦琪，"你不是本地人吗？为什么对这个感兴趣？"

叶梦琪说："我是本地人，我是想看你对我们本地的风土人情了解得怎么样？你不会不知道吧！"

"当然知道了，你想知道什么，我都可以告诉你。想知道本校的名人，你算是找对人了。"这个女同学自豪地说。

刚才抢着说话的那个秀气学生在一边打断话头："你知道吗，她可是我们学校的活字典，你要了解历史，找她算你们问对人啦！"

马小宇突然好奇地问："你可听说过杜大伟？"

女同学嘿嘿一笑，故作神秘地卖起了关子，看到马小宇、叶梦琪、丁努努三人焦急的样子，好久才慢慢腾腾地说："杜大伟，这可是一个比较突出的大人物了，他现在可是本城一个最有名的慈善家，听说他最大的人生转机是从办实业开始的，然后就走上商界，一路将自己的产业做大做强，然后就用自己所获取的一切来为人类谋幸福。"

"那叶梦琪呢，你知晓她的情况吗？"

女同学一脸羡慕地说："叶梦琪她可是我们的偶像，她也是唯一一个从这儿走出去的女市长，她现在还在某市担任重要的领导职务。"

这时轮到他们三人惊讶了，他们本来还想再问一问丁努努与马小宇的情况，这时前面有一个女同学的喊叫声打断了他们的询问。女同学一看，好似有很重要的事情，只好十分抱歉地说："对不起，我有事，不能再给你们说了，再见！"与"校园三侠"说了再见，然后她就一阵风似的跑向那位同学。

他们来到学校宣传窗前，里面有学校的显赫人物介绍，但都是近期的突出人物，没有他们早年的介绍。宣传窗中还有一个可触摸的电子显示屏，他们只要输入想查的东西，就会搜索到所需要的数据与资料，但这已经对他们不是什么新鲜的事物了。现在的马小宇可不想在其中输入自己的名字进行查询了，更何况马明起博士一再强调不能对未来知之太多，会干扰未来发展，这条底线他还是知道的。

在校园里转了一圈，没有什么太吸引他们的地方，然后他们就从原路返回，从校门口出来，又踏上现代化的大道，三人继续向前慢慢行进。街道上的商店比比皆是，不过自助超市占大多数，好多都实现了无人自动化售货，并且在街道边随处可见自动购物机，只要通过自动识脸扫码装置，然后输入你所需要的物品，所付款项数目就会自动从个人银行卡上扣除。

叶梦琪不小心触碰了自动购物机上的一个按钮，自动购物机马上发出如蜂鸣一般奇怪的报警声音，吓得她不知如何是好。

虚惊一场

　　此时自动购物机周围来了很多的人，起初认为是哪里来的毛贼，居然这么大胆，敢在光天化日之下来偷东西，简直是贼胆包天。没一会儿，巡逻警察来了。他们例行公事，准备对三人进行调查。叶梦琪向他们报了自己的姓名，警察同志将她的姓名输入人物身份库进行搜索。这回轮到警察同志吃惊了，电脑中竟然没有与她相符的任何数据，他们又查找了马小宇和丁努努的名字，依然是一样的结果，找不到任何与他们身份面貌特征相关的数据。他们将"校园三侠"上下打量了一番，电脑中怎么会没有这三个孩子的身份数据呢，这令他们感到十分奇怪。几个警察一时呆若木鸡，站在原地，想不到办法来解决当前的问题。

　　其中一个年龄偏大的警察同志看着他们三人，心想这三个孩子不像是搞破坏的犯罪分子，但自动购物机为什么会自动报警呢，是不是电脑本身有问题，还是其他问题的影响。不过，他没有着急，只是换了一种方式询问叶梦琪，想通过交谈获取更多的信息，来对三人进行最后的身份确认。

他面带微笑，和风细雨地对叶梦琪说："小姑娘，你们是从哪儿来的，刚才到底是怎么回事？"

叶梦琪看着一脸和气的警察同志，本来受了惊吓的她，很快就消除了顾虑，这时她一点也不怕了，她大胆地回答说："警察叔叔，您好，是我不小心碰到了按钮，结果就发出了警报声音，我们可什么坏事也没做啊。"

警察检查购物机后确定没有丢失东西。警察同志点点头说："我知道，一看就知道你们不是坏人，更不会做损害人民利益的坏事。不过我现在需要知道你们三人是从哪个地方来商城的？"

叶梦琪说："我们来自很遥远的时代。"

"遥远的时代是什么地方？我们好像没有听说过这个地方，你再具体地向我们说说。"另外一个一直靠在自助购物机前面的警察，一时弄不清楚他们在说什么，迫不及待地插话。

丁努努在一边抢着回答："遥远的时代不是一个地方，而是表示时间，我们就来自以前的某个时代。"

"不是地方，而是一个时间，这到底是哪跟哪啊？"年龄偏大的警察，这时被弄得有点浑浑噩噩了，连嘴巴都惊讶得合不拢了。

马小宇心知不能向外人透露机密，则岔开话题，问他们三人是否可以离开了呢？

警察确定实拿他们没办法，只能放他们走了。

未来都市

这时，马小宇问："现在我们怎么办，是回去，还是继续在未来的街道上逛逛？"

丁努努看着两个好伙伴，其实他何尝不想多看看未来，这可是一次难得的好机会，不过他没有流露自己的迫切希望，此时小宇好像还想继续，但他不知道叶梦琪的想法如何，因此没有马上回答。

叶梦琪说："既然来了，以后我们来的机会可能不多，何不再到商城市的各处去走走、去看看，你们认为怎么样？"

丁努努也点了点头，三个人都有了相同的想法，真是心有灵犀啊。

三个人停下来进行了休整，离天黑还有一段时间，看来还可以在未来的大都市再进行一次令人惊叹的旅行了。

经过刚才一番折腾，他们在未来没有可以使用的东西，没有钱，更没有可以替代使用的物品。因此他们三个人商定，还是沿着世纪大道来行进，然后穿过地下通道，进入到其他的街区，再去欣赏一下日新月异的商城新变化、新发展。现在因为变化大，也就不知街道的定位与地名到底怎样了，只好先看了之后，才能知晓商城的真正大概面貌，最后再绕回来，找到201环球大厦，再乘梦想号时间飞船返回现代。

说好之后，三个人就马上开始行动，小宇抬头望了望天空，本来晴好的天空，此时出现了一些厚重的云块，他在心里这样想着，希望不要下雨。小宇提醒他们两个说："看来，不久就会有一场大雨，我们得抓紧时间办事，要不就会淋到未来的雨了。"

叶梦琪看着天空，确实升起了许多乌云，她也催促要去就快点，希望在看完这个城市的大概面貌之后，他们不会淋到这场未来的大雨。

但商城经过这么长时间的发展变化，他们还是有点迷茫，不知该怎样才能快速地游览完这个中心城区。

梦琪不加思索地说："要是能有个向导，给我们介绍一下商城的大致方位，那就太好了。"

正当他们为不知该向哪儿去，而有点大伤脑筋之时，从前面走来一个十分漂亮的女孩，她走到"校园三侠"的面前，彬彬有礼地对他们进行询问："你们好，朋友们，欢迎来到商城，有什么需要帮忙的吗？我乐意为你们效劳。"

梦琪仔细一看，真是无巧不成书，这不就是前不久看到过的几位女同学中的一个吗，前次就是她把未来的一些事情告诉了他们，这下可太好了，这样一来就可以省掉不少的麻烦，少走许多的弯路了。

于是梦琪向她微微一笑，非常热情地向她打招呼，说："你好，其实我们见过的，上次你就与我们进行了详细的交谈，十分感激，因为我们来自外地，对你们这个美丽的城市不太熟悉，想请你给我们做向导，希望你能给我们提供方便，不知你有没有空？"

这个热心的女孩十分高兴地说："荣幸之至，我十分乐意为你们效劳，不知是哪方面的？"

梦琪继续说："我们想了解一下商城现在的发展情况，特别是有不一般的地方，想请你带我们去随便逛一逛，行吗？"

"带你们逛街，那太好了，哦，忘了做自我介绍了，我叫千寻依依，很高兴为你们效劳。"

"那太麻烦你了，我叫叶梦琪，也是某地某中学的初一学生。"叶梦琪向千寻依依做了自我介绍，停了一下又问，"你为什么叫'千寻依依'，是复姓千寻吗，还是为了什么？"

千寻依依笑着向他们三人做了解释，她说："你们知道的，中国人老是喜欢用很简单的名字，怎么来说呢，还是举个例子来说吧，好比全国光是用'李明'这个名字的就达600多万个，在现在这样一个高度数字化的时代，那么他们的数据就会造成整个数据库的紊乱，这些没有多大区别，又随时都会出现相同身份资料数据的简单名字，势必就会给现代化带来不必要的麻烦，让现代信息端分不清他们的具体数据，给生活带来不便，为了避免此类人为的事件烦恼，于是我们大都使用四个汉字以上的识别符号作为我们的名字。"

他们听了都为之释然，相视一笑，然后丁努努和马小宇也都向她做了简要的介绍。

"很高兴认识你们三位新朋友。"千寻依依一一与他们握手，算是认识到好朋友了，然后就带着他们开始游览商城市里，最值得看的风景名胜了。

年龄差不多的人永远有说不完的话，一路上千寻依依不住地介绍着本地的风土人情，如同一个出色的小导游。

她说："我们这儿有美丽的商城河，河水清幽幽的，人们可以在里面游泳，可以进行夏日的冲浪，这儿可是孩子们的天堂与乐园了。商城河是我们的母亲河，一个城市有水的融入，更增添了城市的底蕴，这也是商城成为一座美丽城市的最好依凭。还有避暑胜地——五彩人造湖，与高耸入云的五彩峰共同组成这个城市的绿色屏障，更是人们休闲的地方。这些你们可能都知道，商城正因为有秀美的山，清幽幽的水，山水相连，景色宜人，才使城市景色更加美好，城市品位大大提升。"

千寻依依停了一下，一脸的自豪，然后接着说："我们这个城市的定位是绿色、和谐、宜居三位一体的，好山好水是最好的城市载体，还有十分和谐的城市生活体系，等一会儿我们可以亲身去进行感受。特别是现代化的飞速发展，给人类美好的生活带来了无穷的好处，我们这儿的城市标志性建筑——201环球大厦，你们去过吗？"

一直没有怎么说话的努努抢着说："去过，我们还将梦想号……"

马小宇打断他的话头："就是那座全城最高的建筑，我们去过，简直太震撼了。"看到小宇不露痕迹地补充，努努不好意思地苦笑了一下，心想他们是来自以前的人，现在不能太过于张扬，任何不妥的话语都可能引来不必要的麻烦。

千寻依依点点头，她丝毫也没有察觉到他们脸上的变化，她说："这座现代化的摩天楼里面居住工作着16万多人，形成了这个城市一道特别的风景线，成为这座城市政治、经济、教育等各种事业的中心。

同时，我们这个城市的布局也采用新的中轴线来进行定位，以世纪大道为中心线，向四周扩散，至今已形成了立体的四环，在地面是一个完全封闭的四环结构，在地下还有一个更加奇特的仿四环娱乐休闲城，既实用又十分环保，还有不错的人防工程，可以承受任何核武器与生化武器的袭击，等一会儿我们可以到地下城市看看。"

城市的街道上依然一片热闹非凡，车水马龙。看到在工作的人们行色匆匆，通过观察这里人们的面貌，务务开始有自己的感慨："我认为未来并不尽善尽美，人们为了生活，在工作的时间里不停地奔波，高节奏的生活方式与我们那个时代没有区别，但现在人们的感情却没有我们那个时代浓烈。仿佛生活水准高了，物质条件好了，但人与人之间的亲密交往却在紧张的工作竞争中淡漠了，反而少了份开心快乐，没有了我们一向追求的和谐、轻松，没有了像以前那样的乐趣与惬意，或许这是现代化送给人们的有害礼物吧。"

通过世纪大道下面的一条地下通道，才发现这个城市的交通发达与科学合理的布局了，小宇接过务务的话题继续说："这可不见得，你所看到的只是你一时的想法，未来人有他们自己独特的生活方式，这也是在快节奏生活与工作中一种对自我的要求，不见得就不好，你说对不对？"

千寻依依争辩着纠正丁务务的看法说："你错了，这是人们的一种自我释放，脸色虽然看起来沉重，但内心却并不是这样的，等一会儿你们到了另一个地方就明白了。"

"快看，那是什么？"这时叶梦琪惊讶的话语吸引了小宇与务务的目光，他们顺着梦琪的指引向前方看去。

千寻依依介绍说："那是我们的城市地铁，这儿的地铁非常先进，都是采用非常智能化的组合，各停靠点装有自动智能化编组机构，可以根据人流的情况进行自组挂靠运行，因此不会浪费资源，完全可以因需要而设，这可是最人性化的现代化地铁编组机构。"

他们四人穿过人行通道，不打算去乘地铁，毕竟没有可供乘车的钞票，就是有钱在身上也丝毫没有作用，因为它们早就退出了流通渠道。不过你能拿这些东西出来，人们还是会感到十分惊讶的，这些东西好久都没有看到过，已经成为这个时代的文物了。

当然，又不好让千寻依依为他们破费，因此他们只好自嘲地说步行可以看得详细些，安步当车。他们一边有说有笑的，一边东张西望的走过一段比较长的地下通道之后，这时他们才相信千寻依依所说的话确实是有道理的。

地面下简直又是另一个迷人而又异常繁华的世界，各种设施一应俱全，休闲与购物都十分方便，还建有许多地下娱乐场所，这可是他们来到这儿，感受到的最大特色：通风、排水、绿植等设施都完全按人们生活需求而设计。

千寻依依带着他们从地下商场中一路观光、浏览，经过一个又一个休闲的集散地，看到设施齐全的地下防核防化基地，这一切可与地上十分匆忙、人们无暇停下来驻足欣赏城市美景的那种高节奏完全不同，原来人们的快乐生活还有另外的一面。

地下的场景与上面一样，绿树成荫，空气清新，环境幽静，人造太阳自动调节光源，照得跟地面一样明亮，但没有上面强加给人的那种烦躁压抑感觉，相反显得十分轻松，使人心情愉悦。很快他们就来到了另一个街区，他们顺着盘旋式的自动扶梯慢慢升到地面，这儿的街道设计完全按照人们的生活方式与适宜的人居理念来布局，一边是古色古香的商店，另一边是人性化设计的、可自由购物与休闲的超市。

他们来到古色古香的商店这边。这里面的商品极有特色，他们看到了许多在当今时代使用过的物品，经过数十年，都在未来时代被当作古董一类的物品，被放入展示柜进行陈列，人们购买它们可能是作为生活中的收藏品吧。家庭中用的一些物品，比如他们看到的，我们当代所流行使用的手机，在这儿却没有多少人在使用，不过在货柜中却可以零星看到，成为人们怀旧的记忆。

看到"校园三侠"一直停在古董式手机柜前不想走开，千寻依依有点不理解，她向叶梦琪他们说："这是几十年以前的通信工具，现在没有人使用了，现在使用的都是像我手上的这类东西了，柜子里的大多不过是被人们购买回去之后当作一种纪念品，因为人们现在不再使用原先的那类通信工具，现在人们的智能通信工具比那时更方便科学，都是做成手表那样十分轻巧的样式，就是这样的。"说着展示给他们看。

"校园三侠"这才看到，手表样式的新通信工具，他们在使用时，不用像我们现在那样复杂，要先输入号码，或者还要从手机中一个一个地翻看号码，摆弄上好久才能使用。他们只需要将你要打电话人的姓名一报，或者是语音智能呼叫，手机马上就会自动接通。因为每一个人都是一个特定的信号，就跟身份证一样，没有重合的，刚才千寻依依就说到人名没有重复的，原来在这里就可以体现到不重名的好处。

千寻依依看到叶梦琪他们一脸疑惑的表情，她试着演示了一下。她给妈妈打了一个电话，启动手表上的接入装置，对着上面的扬声器叫了一声"妈妈"，手机那边就传来妈妈的应答声音。看来不但可以通过呼叫名字来接通，还可以通过个人语音识别进行联通，减少了存储电话号码和需要不断查找拨打的麻烦，这可是令他们羡慕得不得了的未来智能通信工具。

看来高科技产品确实方便快捷，千寻依依接着介绍说："为了减少负累，将手机做成手表样式，体积十分轻便，功能还十分先进，并且不用再像以前那样不断给手机充电，换电池，使用不了几年手机就得报废，电池中的化学物质又对人类形成一种极大的污染，成为难以处理的电子垃圾。现在这一切都不用做了，因为这是完全采用微波传导启动的蓄能高级电池，凭借人体中脉搏跳动的微波能进行运动做功，只要人戴着手表式手机，你就可以永久使用，并且功能十分齐全，可以录音、照相，还可以存储大量的照片与文字数据等信息，还可以看电影电视、查找资料，简直就是一个具有能随身记录、通讯实用、娱乐功能强的万能百宝通。"说到这儿，她一脸自豪。

难怪人们的生活比我们现在要轻松一些，这一切都得益于高科技的飞速发展，由于有它们不断进入人们的日常生活，人们才能充分享受到高科技文明带给人类的好处。

小宇看着她这么漂亮的手表式手机，羡慕死了，要是他们也有一个这样的手机，那就太好了，可惜没有机会获得。

千寻依依看到三人的表情有点不一般，以为是自己某一方面得罪了他们，她一脸的困惑，试探地对梦琪说："梦琪，你们到底怎么啦？"

看到千寻依依对他们有误会，梦琪有点不好意思地说："没什么，我们只是十分羡慕你的手表式手机，没有什么，我们不能买一个作为纪念品，简直太遗憾了。"

"原来只是这么一件小事，像这样的手表式手机，我家中还有好多个，要是方便的话，我送你们每人一个作纪念，可惜现在只有一个。不过看在我与梦琪你十分投缘的份上，那这个手表就送给你留作纪念吧。"

梦琪有点受宠若惊，不好意思地推脱说："这怎么行？你至少还得与你父母亲人联系，要是你没有了手机，父母会责怪你的。"

"这有什么的，太普通了，我们一般与家长联系也不太多，没关系的，你尽管拿着。"她说着就从手上取下来给梦琪戴上，还说，"你戴着才真是美女佩娇饰，简直太漂亮了。"

梦琪有点不好意思地说："既如此，那我就恭敬不如从命，可惜我没有什么特别的东西给你，我身上只有这个玛瑙项链，那也是我妈妈从南海观音菩萨那儿求来的护身符，就算是一个回赠的物品，你可一定要收下啊！"

梦琪说着就将玛瑙项链给千寻依依戴上了，但千寻依依说什么也不收，一再强调说这东西太贵重了，这可是有了很长年限的宝物，坚决不能要。但千寻依依最终还是拗不过梦琪的热心，只好收下，这时争持了好久，平静下来的两人才相视一笑，简直就是一对跨越时间的忘年交好朋友。

然后，千寻依依又带着他们看了商城的好几个地方，天色不太早了，加之天上乌云越发浓厚，眼看一场大雨马上就要降临，千寻依依看了看天，有点着急地说："马上就要下雨啦，你们快点回去吧，否则就会被淋坏的，我也得走了。"

千寻依依与他们互道再见，就一个人行色匆匆地消失在朦胧的夜色之中，"校园三侠"看着这不久就要下雨的天空，他们向201环球大厦方向望去，发现这座全城的标志性建筑就在离他们并不远的地方，于是他们三步并作两步走，快速向梦想号飞船靠拢。

暴雨突袭

天空中的云层开始变化了，没有多久就变得乌云翻滚，好似整个天空都要压下来，突然之间的变化，让城市里的各色行人开始有点慌乱，急着从各个方向往家里赶。

临近傍晚时的天空显得更加昏暗，顷刻之间地上就开始有点分不清方位了，更糟的是走在大街上，不知从何时又刮起了大风，街道上的灰尘就随风四处飞扬，弄得人都很难睁开眼睛。马小宇、叶梦琪与丁努努感到在街道上行走的十分吃力，但为了快点登上梦想号飞船，他们可顾不得这么多，只管尽力迎着风向前奔跑。

穿过几条街道，选择比较短的捷径，走了几条地下便道，终于很快就来到了201环球大厦的底层。刚到这儿不久，人还没有喘过气来，天上就下起瓢泼大雨。街道上随即便四处水花飞溅，地上升腾起一股股雨雾，好多没有跑回来的人，还在雨中奋力跑向能够躲雨的地方。不过来势猛烈的大雨，还是将许多人的衣服都淋湿了，好在刮起的大风一时减弱了，要不浑身淋湿的人肯定就会感冒得病的。

三个人互相看了看，好险，要是还在路上再多停留一会儿，那他们就会个个都成为落汤鸡的，现在跑到201环球大厦，有了这么宽敞的地方可以为他们遮挡风雨，他们揪紧的心才放松下来。

　　既然已经来到未来商城市的标志性建筑201环球大厦里面，他们还没有仔细参观过这里，不如趁现在好好参观一下这座超级大厦。

　　他们进入大厦，其实这时他们才看清，与地面相平的并不是第一层，地下还有好几层，都是停车场。这里运用智能停车系统将汽车送进地下停车场，一辆辆汽车就整整齐齐地被升降机与起动机配合码放在这几个超大型停车场中。这一切全部由电脑控制，车主只需要输入一个号码，就可以从电脑输送出来的数据中获取你的停车信息。如果要用车就只需将数据报出，或者将打印码往扫描窗口一放，通过扫描仪一扫，电脑将数据输入控制中心，机械就会自动操作将你的车调出来，完全不用为繁复的寻车停车而发愁。

　　整栋大厦停放的车辆密密麻麻一大片，真的是不可计数，初步估算应该可以停放上万辆汽车吧。不过当街的几层，正是黄金铺面，又方便与街道相连接，因此这也是一个大型商业区，与周边的许多商场、银行等互相呼应，组成一个非常发达的现代化综合体。

　　人们在这儿购物、休闲、娱乐、工作与学习，这儿俨然就是被分割成的一个小小的人类社会群落。

　　突如其来的大雨下了很长一段时间，此时外面已经是黑蒙蒙的一片，只看见城市里的霓虹灯在不停地闪烁。街道上因大雨来得比较急，雨水一时在街面上到处乱流，但也只是一阵子功夫，污浊的雨水马上就从各个排水装置中排出。如此急骤的大雨都没有形成积水和渍涝，可见城市的地下排水系统相当优秀，这可是值得借鉴的长远科学规划啊！

可惜他们没有多少时间参观了，要是时间充足的话，他们一定要到地下排水通道去参观一下，这次看来只能留下遗憾了。

外面虽然已经漆黑一团，但整个大楼却没有因下雨而有所不适，里面的光线就跟自然光线差不多，没有因灯光的问题，给人有任何一丝的不适，仿佛还是白天一样，感觉十分舒坦，这可令人感到十分奇怪了，他们十分惊叹未来科技能服务人类生活到这种程度。

马小宇看到这个问题，一直在思考，但他百思不得其解，于是他问丁努努："努努，你看这儿的光照与我们那儿有什么不同？"

努努看了看，一时也不能做出合理的解答，不过他是一个十分爱开动脑筋的人，并且从许多科学技术应用的书籍中，学到了许多他们没有涉猎过的新知识。

他仔细观察了一番，然后根据自己以往所学的经验做出猜测说："我看，这儿的灯光照明系统非常特别，可能是自动科学补光装置，我们来时看到一些可给大厦提供电能的太阳能、风能等蓄能节能设备，它们源源不断地向储蓄装置供电，而这些使用电能的电器又可以优化电源，即使在白天需要照明，它们也会自动调节隐藏灯光的光线，这是一个什么概念呢，怎样说？还是打个比方，也就是说假若这栋大厦整个电力需要用10000千瓦电，这个自动控制的节能装置就绝不会用10001千瓦的电，一度电也不会浪费，完全做到了环保与节能。灯光使用完全调到最适合人类的眼睛所适应的范围，因此即使是到了夜晚也跟白天差不多，所以给人的感觉就是与自然高度相融合了。"

小宇欣喜地听着他的解释，说："你分析得很有道理，不知是否真的如你所说，要是能找到证据，或者听到这里科研人员的解释，那就更好了。"

他们进入一些大型商场，商场中依然摆满了琳琅满目的各种商品，许多他们见所未见的东西令人眼花缭乱，这一切使他们感觉到，什么才是真正具有国际大都市的浓郁气息。

这时一个小男孩正缠着妈妈要买玩具，指着橱柜里一个装饰豪华而又好看的玩具的海报，一直赖着不走。妈妈数次强行牵他走开，他又固执地跑回来，一定要买到这个玩具。妈妈只好掏钱包给他买，但这时商场里已经没有了这个玩具，只是空留一个装玩具的盒子。看到这个劝不住不想离开的小朋友，售货员好像也无能为力了，准备对这位妈妈说抱歉，突然她灵机一动，将一些可以调和的、十分柔软的塑料样物体，可能是用于增稠或者是快速增凝的物品放入一台有点像打印机的机器里面，将这个空盒上的图案进行扫描后输入打印机，再按操作指令要求进行打印。奇怪的一幕出现了，你们猜打印出什么东西了？原来打印出了那个玩具的立体图形，并且颜色形状什么的，与图案真品相差无二。小孩子拿到了自己喜欢的玩具，终于心满意足地跟着妈妈离开了。"校园三侠"十分佩服这位售货员的机智与周到热情的服务，更对这个神奇的打印机产生了浓厚的兴趣。

后来他们通过询问才得知，这是新时代非常普遍使用的3D打印机，可以按照三维扫描，打印任何立体图形，也就是你想打什么就可以打印什么，可以实现纯数字化的还原与重构。除此之外，还有其他新科技如手表式手机、微波传电等，所有电器都不需要使用电线，实现电器的无线导电与接收等先进手段，从而克服了电线过多，穿墙过户，不利安装，成本太重等毛病。再比如5G信号的全覆盖，生命克隆机器的诞生，人造子宫的推广使用（如前面陪同他们的千寻依依就是父母提供胚胎，采用人造子宫进行孕育生出来的，这样减轻了女人生产的风险，将她们从不愿生育的怪圈里解放出来，这可是时代的巨大进步，这也是从与当代人交谈中知晓的知识）等等，好多新科技完全颠覆了他们的固有观念，改变了大家对生活追求的方式，让人们享受着科技带给世界的便利。

叶梦琪吃惊地看着这一切，她可从来没有看到过这样新奇的商品，她的执着与专注，弄得售货员一次又一次问她需要买什么东西，她不好意思地说，只是想多看看这儿好多令她喜欢的商品。

这样一来她就经常落在后面。而已经走到前面的小宇，不由大声地喊起她来，她才依依不舍地离开那几个迷惑她的柜台。

小宇说："听说这栋大厦里面居住了16万多人，不知一个底盘的面积到底有多大，在楼顶看到的面积，据目测就大概有好几十个足球场那样大，那么这下面所占的建筑用地面积就可能比上面还要大得多，我们不如先横着逛一层来看看，彻底弄清这一栋大厦到底有多大，好不好？"

"好好，我也想看看。"努努马上附和着说。

他们俩又征求梦琪的意见，梦琪说："随你们，你们怎样做我都赞同。"在这栋大厦里，他们可感觉不到时间的早晚差别，因为这里一切就跟白天差不多，她看了看手表式手机，发现时间已经到了下午六点多了。

三人开始逛这个超级大厦了，这一层好像都是商场，过去一段有一个绿色点缀的小型花坛，加之被雨所困住的人驻足商场，这样休闲购物躲雨的人就比平常更多了，可见人们的夜生活还是充满活力的。

除了拐弯处他们没有去看，这一层基本逛完后，还是到上面用步行来逛个够吧。他们一路顺着一道比较宽阔的楼梯向上慢慢爬行，上到上面一层，连续几层都是写字楼、商场、各种工厂，还有政府的各个部门在各层都设有办事机构。什么警察分局、电信分局等各种办事机构应有尽有，看来在这儿办事十分方便与快捷。

又爬了几层，前面挂了一个大型的招牌，他们三人判断，应该是一所城中学校的介绍牌。看了学校的布局图，学校既分散在几层独立运行，又集中属于一个部门管辖，形成一个教育的整体工程，只不过是分为小学部、中学部与高中部，相距并不遥远。小学部在60至66层，学校中有各种设施，商店、体育运动场。还有个比较开阔的小型操场，全体学生可以站在各层，看学生代表在专门的升旗台，参加每周升国旗的活动。这一切看得小宇他们都感到十分的新奇，不出家门就可以在这儿读书学习，省去了走马路会碰到的潜在危险，避免碰到别有用心的陌生人，或者潜在的各种危险，在这儿仿佛都不会发生，这可是他们没有看过的事情。

小宇对梦琪与努努说："这样的学校就是过瘾，设施功能与我们的一样，但这儿的学生就读学校与家处在同一栋大楼，不用经受风雨，不用害怕遇到坏人，更不用担心各种事故，高度享受现代科技的便利，这才是和谐与幸福，我真羡慕他们。"

梦琪说："你这样羡慕，不如我们也去这儿当一当未来的学生，怎么样，行吗？"

她这样一说，努努与小宇还真有这种想法，不能在这儿读书，那么就具体去看看这儿的学校，也可说是不虚此行啊！

于是他们换乘了几次电梯，很容易就来到201环球大厦的小学部进行参观，一排排的教室整洁明亮，依然是采用自然灯光的科学设计，每个设计都很人性化。不过每个教室都不是很大，在里面的学生座位和摆放的课桌也不是很多，最多不超过三十个。有的课桌摆成一个大圆圈，有的摆设成正方形的形式，还有的摆成小会堂的样子。基本上各个教室各有特色，可能都是实行小班制进行教学的吧，可惜现在已经放学了，要是能亲眼看看未来的教学场面那该多好，他们羡慕得眼都红了。

在这栋大楼里分布的人员较多，因此类似的学校有多所，都是为了方便孩子就近入学，这也是非常科学的设计与布局。欣赏了未来的学校布局，感触是颇多。他们又一路乘电梯，沿途看了大厦中许多的特别建筑。在78层，他们还看到一个生物农场，仍然有水有土，一个小小的自然群落，与外界保持联系并不是全部密封，里面采用人造小太阳来照射，俨然就是一个小小的自然世界。各种绿色植物如他们每天必用的速生蔬菜，富含营养的各种瓜果都在这儿生产。听大厦里的工作人员介绍，类似的空中农场有好几个，有的还配有生物工程，有音乐刺激增长的，有从太空进行基因改造的超级良种。所有这些都适合作物的生长，不用施肥不需要打农药，用的基肥都是将生活垃圾做无害化处理之后形成的有机肥料，更没有激素和抗生素类化学物质的刺激与投放（当然还有一部分不能分解的就进行资源回收，现在最发达的不再是工矿与制造，而是城市矿产的开发，所有的日用机电汽车等产品，一到报废年限就被送到回收工厂进行再提炼，每座城市都有多座城市矿山，将这些资源进行不断的循环利用，自然就形成了一条永不枯竭的矿产资源），不会破坏食品的营养，因此这儿也成为大家乐于来生产或休闲的最佳场所。特别是有空余时间之时，人们还可以在这里的多个空中农场里直接摘取所需的无公害蔬菜与瓜果，既可以放松心情，又可以锻炼身体，这样的舒心生活真是让人羡慕不已。

他们顺便还看了居民的住房设计，感受总结成一个字就是"爽"，两个字就是"超爽"。这里不再是以前流行的空中别墅，而是花园式的庭院，家家有参差式的阳台，有可供种植花草的土地。每个家庭都是一个优美的小天地，房与房之间都有绿色植物相连，映入眼帘都是纯绿色的装饰，真正实现了宜居与自然高度融合的理念，这为他们赢得了非常高的幸福指数。

他们三人走马观花，一路可说是惊喜多多，感慨万千。一边参观一边继续搭乘电梯向上攀升，这样走走停停，时间确实也花费了不少，梦琪一看手表，发现时间已到晚上八点半了，他们已经在未来停留得太久太久，不能再拖拉耽误，得准备返程了。他们快速来到了顶层电梯，准备登上梦想号飞船回到家中。

刚走出大厦顶层的门口，一股股强劲的风向他们刮来，梦琪不由得打了一个寒战，差点被吹倒在地，小宇快速靠近她，并用手扶着她这才避免了梦琪摔倒在地。在里面感觉不到下雨，但外面他们还是感觉到雨点比较大，凉风夹杂着冷雨，阵阵凉意直透心底，怪不得梦琪发抖。较大的温差变化使他们在外面有点经受不住这样的寒冷。

好在梦想号飞船就在前面不远处，他们三个人手拉着手，一步步向飞船靠近。夜空依然一片漆黑，没有任何一丝光亮，短短的一段路程，他们三人却费了九牛二虎之力才最终到达梦想号飞船。

走在前面的马小宇打开飞船的门，他最先爬上控制室，然后叶梦琪、丁努努依次登上飞船，这才感觉到飞船里面的温暖。他们三人终于舒了一口气，现在只等情绪稳定，他们马上就可以启动梦想号飞船，回到自己的家里了。

在未来看到了他们三人所希望看到的一切，想到这儿，三人都是一脸的自豪与高兴。

大意波折

马小宇等叶梦琪与丁努努坐好之后，他最后再看了看未来的商城，这可是他们看到的最美丽最迷人的现代化城市，此时外面大楼顶端四周黑乎乎的，因为这上面根本就不会有人来。虽然现在他们就处在全城的最高点，但看不清城市的大致情况，只看见商城的远方到处一片灯火辉煌的景象，显示出一个现代化大都市的繁华与雄伟，其他的一切都沉浸在静谧的朦胧与模糊难辨之中。

"再见了，美丽的商城，我们有机会还会来的。"马小宇在心中这样想着。小宇启动飞船的电源开关，将时间定位好，只等他再按下运行按钮，他们就可以胜利返航了。

小宇看到他们全部就位之后，系好了安全带，于是用手一按，梦想号飞船就开始运转，里面的警示灯一阵闪烁之后，在原地就开始不断地旋转起来，达到一定的时间与能量的转换后，梦想号飞船就"嗖"的一声，消失在黑沉沉的夜空。

马小宇他们在梦想号飞船里面感觉到时间比以往更加的漫长，飞船在时空轨道中快速运转着，在地面上他们没有感觉到大雨与雷电。可此时他们感觉到万分的惊天动地，一个又一个炸雷响在他们头顶上，不知这对他们的飞船有没有影响。叶梦琪在里面看到一个又一个大型的球面电弧，从梦想号飞船前面的显示窗外飞过，吓得不住地在心中祈祷。

丁努努的表情十分凝重，他不无担忧地说："小宇，这些高空强电流不知对梦想号飞船有没有影响，我们启动的时候，还是没有考虑到这个严峻的问题。"

"是呀，这可是个问题，让我们避过了这阵风雨雷电交加的恶劣天气再走，那是再好不过的了，现在我也十分后悔。不过，马明起博士设计这样的高科技产品，应该有可以避免外面的高能量闪电的功能，要不怎么能去突破时空的限制呢，因此应该不用担心。"小宇安慰他们说。

听到小宇这样一说，叶梦琪与丁努努的心里才好过了一点，梦想号飞船运行的速度相当快，短短一会儿的工夫，他们就避开了高能量的雷电区。飞船继续加速，他们也不知飞船运行的速度到底有多快，只知眼前所有的东西进入了模糊扭曲状态，人的思维好像悬空一样，随着速度与能量的转换，很快他们整个人就什么也不知道了，思维意识全部消失了似的。一阵时间之后，他们安全飞行到了没有恶劣天气的空间里，梦想号飞船按照指令缓缓降落在一个美丽的湖泊边上。好一阵儿，"校园三侠"才从浑浑噩噩中苏醒过来，叶梦琪这时大声提醒他们说："快出去，我们到了，回家啦。"

坐在她边上的丁努努打开舱门，然后就扶着叶梦琪下来，马小宇最后一个从梦想号飞船里面出来，三人伸展一下各自的手脚，活动活动被抑制的筋骨，呼吸着自然界的清新空气，顿时感觉舒服清爽多了。"走，回家去。"小宇说，"这儿应该就是五彩人造湖，你们看前面就是迷人的五彩峰，我们已经到家了。"

这时，努努提醒小宇说："到家了，那这个梦想号飞船怎样还给马博士啊？"

"你看我这记性，"小宇自我解嘲地敲打着自己的头说，"是呀，这梦想号飞船怎么给马博士还回去呢？"

叶梦琪向四周环视了一圈，怎么今天的商城市到处都有种怪怪的感觉，这到底是不是我们那个时代的商城，她感觉有点陌生。

他们以前也来过五彩湖，但那时的感觉就是特别有一份亲切感，现在这是怎么啦，一点熟悉的感觉也没有。

这里一样有人们在休闲娱乐，一样有微风轻拂，有渔歌互答，有小船穿梭，人们在做各种有意义的活动，为什么就是没有一点亲切感呢？这就奇怪了。

梦琪心想不如我们现在先去看看商城人民的生活，实地考察，或许能弄明白事情的原委。梦想号飞船先让它停在这里，等下再说。

这时，谁也不能肯定到底是出了什么错，为什么这次会跟上次有这样的反差，也好，先不管这一切，先看看再说，大家都赞同梦琪的提议。

"校园三侠"先环顾了美丽的人工湖——五彩湖，风光旖旎，微波粼粼，水面各式小船在自由地游弋，点缀其间，白鹭低飞，细羽斜掠，湖中圈红点点，岸边绿柳依依，远山互含，相映成趣，组成了一幅特别的和谐画卷。他们看着这一切，完全沉醉在山青水美的大自然之中。

不过，小宇有点想不通，自己也经常来这个地方，但现在看来，对这个地方好似充满了陌生感，一点熟悉的印象也没有，为什么突然之间会发生这么大的变化呢？想到自己的爸爸马知欢在神锐研究所工作，他还是首席研究员呢，并且研究所与这儿离得也不远，何不先去研究所看看。

想到这里，他对梦琪与努努说："不如，我们现在就到神锐研究所去看看，顺便找到我爸爸就可以了解到这令人迷惑不解的一切，你们看怎么样？"

"好，我们先去了解下情况，这是解决问题的最好办法。"努努在一边大表赞同。

小宇提醒梦琪说："梦琪，你的看法呢？"

"我也没有什么意见，先去见见你爸爸，或许可以找到最满意的答案。"叶梦琪看着他俩说。

"现在不知到了什么时候，刚从梦想号飞船里面出来，可能一切都乱了，我们可得重新整理自己的思路了。"小宇提醒大家说。

梦琪抬起手来看时间，这一看，她突然惊讶地喊："怎么这个手表式手机没有详细显示时间啊！难道到了现代它就不能再使用了吗？"

听她这样一说，努努将脑袋伸过去，他笑着说："叶梦琪，你真粗心，你那儿反光，所以看不见时间在屏幕上的显示，你换个方向就可以看到上面显示的时间了，不信你自己换个角度再试试看。"

听他这样一说，她换了一个方向，果然角度不同，真的就可以看到手表式手机上显示的时间了。

她边看边念："现在的时间是2046年3月8日，正是妇女们的节日，祝所有的女同胞们节日快乐！"

"什么，2046年，你有没有搞错？"努努听了，反问叶梦琪一句。

马小宇也以为梦琪弄错了，他将头凑过来看，才发现屏幕上明确写着时间：2046年3月8日。这是怎么回事呢？

小宇看着面前发生的不可思议的一幕，他猜测说："我们从2069年返回的时候雷雨交加，会不会是这个原因对梦想号飞船造成了不利影响？但飞船的运转一切正常，那到底问题出在哪呢？这真是一个非常棘手的问题。"

"找不到解决的办法，我们就不能回到现实生活中去，这可怎么办啊？"想到这儿，小宇明显有点着急了。

叶梦琪听了，开始掉眼泪了，离开爸爸妈妈这么久了，还不知他们为找她会怎样着急，听到小宇说他们可能回不去了，她一时害怕得哭了。

看着梦琪吓成这个样子，小宇想着假若自己真的不能快速解决问题，这可就真麻烦了，此时他也是一脸的无奈。

现在还不知问题到底是什么，他也不知怎样来安慰梦琪，只是装作若无其事的样子劝导她："应该没事，大不了我们就留在未来，怎么样？不过，你们都不用着急，既然能来，我一定想办法能让你们都顺利回去，不过你们要给我时间。"

听到小宇这样说，梦琪的情绪才稍微稳定了一点，她看着小宇，相信他一定会想出办法来，带他们走出目前的困境。

"这就对啦，"小宇拍拍梦琪的肩膀说，"这才是我们坚强的小公主啦。"

在这样特定的时刻，小宇还不忘着说笑，耍弄嘴皮子，叶梦琪这时破涕而笑，紧张压抑的气氛才得以缓和。

小宇说："梦想号飞船没有出现故障，它能带我们来这儿，就能带我们离开这儿，你们说对不对？"

"应该没有问题，不过我们还是先去检查一下飞船有没有问题，万事还是小心谨慎为好。"听到小宇这样一解释，努努紧绷着的心也放下来了。

"那好，我们就先去看看飞船，是不是我们有什么遗漏的地方，找到疏忽的地方，或许更能帮助我们解决问题呢！"小宇这时更加自信地说。

于是"校园三侠"来到梦想号飞船面前，一向比较仔细的叶梦琪最先爬入里面。她在想，飞船既然没有故障，那应该是哪儿出了差错，是不是时间输入有错误，会不会与她的这个万能的智能手表式手机有关呢？想到这，她马上就去查看输入的时间。

这时，显示屏上清清楚楚地显示着：2046.03.08。她这时笑着对小宇说："小宇，你真是一个马大哈，你们来看就知道问题的症结所在了。"

她这时完全没有了刚才的紧张与害怕，这不过是将时间输入错误了，梦想号飞船将他们带入了另一个未来世界，怪不得一切都与他们生活的那个时代不同，原来问题出在这儿。

小宇与努努钻入里面看到了显示屏上赫然的几个数字。这一切可都是他们在那个漆黑的夜晚，慌忙做出来的错事，难怪梦琪的手机显示时间是2046年，这个手表式手机可真是个好宝贝，在任何时代都能发挥作用，太神奇了。

现在好了，一切问题都迎刃而解，没有什么顾虑了，小宇说："既然已经来到2046年，你们有什么想法，不如再去逛逛，有没有兴趣？"

说到新奇与刺激，原先有点害怕的梦琪，此时早就将一切的不快抛到九霄云外去了，爽快地答应道："既来之则安之，努努你认为呢？"

　　"我当然更加赞成，这可是一个难得的好机会，求还求不来呢！"
努努在旁边附和说。

　　"校园三侠"将梦想号飞船做好保护措施之后，他们又开始了另
一个时间段的未来之旅。

迷失航向

　　美丽的商城坐落在云雾缭绕的五彩峰脚下，一条比较宽阔的大道纵贯整个城市的中心，各种有特色的建筑鳞次栉比耸立在城市的各个黄金地段。热闹喧哗的城市，加上与省城相连的半小时交通圈的建成，日新月异的高速发展，商城市已经挤进全国发展较快的大中城市行列。

　　母亲河——商城河也不改她的美丽盛装，用她特有的乳汁哺育着成千上万的商城儿女。紧依商城河的商城中学，近来学校的发展。在全国也是名声大振。因为商城中学培养了一大批品学兼优的学子，特别是从这里走出去的莘莘学子，现在已经在世界各地发挥着重要的作用。

　　这不，今天听说有一个年轻的留美博士马小宇将回母校进行讲学。他是世界级有影响力的电脑软件专家。学校这几日正在筹备庆祝活动而不停地忙碌，同时他们还邀请了许多杰出人物都来陪同参观，这可是商城中学在21世纪最大的一个盛会。

马小宇他们三人来到主要街道，所有的人都在聊着一个喜讯——商城最有名的大人物、世界杰出的科学家即将在今日访问母校。这可是商城中学的一大荣耀，他们正翘首以盼世界最重要的电脑软件科学家马小宇博士来校，这已经成为无人不知无人不晓的特大新闻。

"校园三侠"听到这个特大的喜讯之后，特别是叶梦琪更是兴奋得一蹦三尺高，她高兴地说："机会难得，我们快快去母校看看，特别是看看未来的小宇到底是一个怎样惊天动地的大人物。"

努努也在一边随声附和道："好好好，以前我们一再后悔自己没有机会看到未来的自己，今天，我们关系特好的'校园三侠'应该在2046年这个历史的交汇点碰面的，这可是千载难逢的好机会。"

其实不光是他们俩心急，小宇也迫切想去看看自己的未来风采，这可是一直压在心中的最大疑问，也是一个迫切想了的心愿，他这样一开小差，就慢慢落在梦琪与努努的后面了。

看到落在后面的小宇，梦琪故意取笑他说："小宇，是不是自己成为杰出的人物之后，就开始有大架子了，不再愿意与我们这些小人物为伍了，大科学家，要不要我们在前面为你开路？"

"叽叽喳喳，只知道取笑人，要不是搞清楚时间出了差错，你不还在那儿哭鼻子。"小宇在旁边以牙还牙地取笑叶梦琪，同时还跑到她的面前，用手不住地挠她痒痒，弄得梦琪不住地笑，仿佛就是一只快乐的小鸟。

努努在旁边看着，一路笑着，心情也就变得轻松愉快起来。

人逢喜事精神爽，不知不觉间，三人就已经来到商城最大的医药超市，这儿还保留着原先的一些老字号品牌，特别是能解开人类生命密码的智能纳米机器人医生，在里面设立了专柜，并且一直长销不衰，可见科学能带给人类的永远都是最好的东西。这项高科技一直在为人类攻克癌症方面发挥着最好的作用，可说是功不可没，挽救了一个又一个垂死挣扎的不幸之人，使他们少受了多少难熬的苦痛。他们向里面看了一眼，感到十分的欣慰。这些脱离了苦海的人们，应该永远感激马明起与马知欢以及一大批为之付出过艰辛努力的科学家，因为他们的功劳与人们的幸福生活紧密相连，这是谁也不会忘记而又不容忽视的事实。

再向前走，不远处就是正在举办的盛装表演，锣鼓喧天准备迎接本校著名校友马小宇博士的欢庆现场。刚上任不久的张远航校长正在指挥学校的欢迎方阵，真是彩旗飘飘，鼓声阵阵，整个场面既庄严又欢快。努努发表感慨说："今天我以学校为荣，明天学校以我为荣，我们的马小宇同学为学校争得了荣誉，学校以有他这样的学子而自豪。"

叶梦琪也在一边敲边鼓："我们的马小宇同学，是我们'校园三侠'中最厉害的，我们跟着他也沾光不少……"不等她说完，小宇又开始动手来转移他们说笑的注意力了，他边做手势边说："别贫嘴了，酸不酸？"

梦琪看到小宇这样子，一时笑得没有力气说了，三个人就这样打打闹闹，很快就来到了商城中学的校园内，他们挤进一同欢迎的队伍，选取最有利的位置来观察，以便一睹马小宇的未来风采。

"马小宇，来这边，这个位置没有人遮掩，更不容易引起人们的注意，快来！"找到了一个居高临下，十分有利位置的丁努努大声喊着小宇。

"好好，我就过来。"马小宇一边应着，一边避让着人群向努努那边靠拢。

站在他们旁边的不少同学都好奇地看着这个叫作马小宇的人，怎么站在眼前的，还有一个与世界名人马小宇完全同名同姓的人。小宇看到有许多人开始注意自己了，不等努努再喊自己，他就自己选取一个较远的位置，不想让人们再看到自己，以免引起不必要的误会。

他们刚一站好，前面的锣鼓就震天响起来，学校一向喜欢使用的口号"欢迎欢迎，热烈欢迎！"就在同学们的异口同声之中传得一浪高过一浪。

这时，一个穿着笔挺西装，戴着西式遮阳帽，高大魁梧的男人，向同学们不停地挥手致意，脸上满是自豪与惬意，他就是大家都十分熟悉而又引以为豪的、本校杰出的科学家马小宇博士，张校长在一边不停地向同学们介绍，一边与马博士亲切交谈着。

马小宇站在这个不引人注意的地方，仔细一看，那个颇受大家关注的马博士，确实是不同凡响，显得风度翩翩，极有科学家的气度，与原先的面貌没有多大的改变，只不过是岁月蹉跎使他更显成熟，其他方面可说没有太大的变化，小宇看得目不转睛。这时，另一个光彩照人的丽人映入自己的眼帘。这个陪同马博士的、保养得极好的漂亮女人是谁？马小宇不断地在心里想，希望能通过仔细辨认，认出这个女人是谁。

因为离她还有一大段距离，他不敢肯定她到底是谁，是叶梦琪？有点不像，毕竟这已经是近二十年后的事，何况人的变化还是十分巨大的，特别是女大十八变，谁也说不清楚。

学生们对马小宇博士的热烈欢迎与对他们一行人的浓重敬佩场面，小宇在思考中就没有注意到，这时在一旁的努努高兴地提醒小宇说："快看，快看，那个妖里妖气的女人，不就是叶梦琪吗，怎么变成那个样子了？"

叶梦琪笑着追打着丁努努，大骂他说："努努，你真坏，我哪个地方妖气，这叫时髦，懂不懂？你真是狗嘴里吐不出象牙。"

正在沉思的小宇经努努这样一提醒，马上抬起头来，他这时根据自己心目中大致认可的模样进行判断，这个很有气质很有风度的女人确实是叶梦琪。原来今天的聚会，还可以看到未来时代的梦琪，这可是他没有想到的。特别是时间的错误，使他们阴差阳错来到了这个未来的世界，简直就是上天安排给他们的一场特别聚会。

他将眼睛继续扫向被欢迎的贵宾，这时他又找到了另外一个好友，原来丁努努也在里面。还有许多他们不同时期的校友，都来参加这个盛会，小宇看着这一切，他为商城中学替世界培养了这样多的杰出人物而感到万分高兴。

他看到这儿，对身边的努努与梦琪说："我们还是走吧，这些都是未来的天机，我们还是不要了解太多，以免误事。"

毕竟对自己的未来知道得太多，十分不利于后面的发展，这也是以前马明起博士一再对他嘱咐的，过分知晓未来的结果，就会对以后的人生产生不必要的麻烦。他们三人最后看了一眼这个欢乐喜庆的场面，依依不舍地离开了商城中学。

不过他们三人还是十分高兴的，如此看来，他们"校园三侠"都是为社会做出贡献的专家型人物。学校特别隆重欢迎他们入校的这一幕，使他们感觉到自己还是活得极有意义，认为做人就是要做这种对社会有用的人，这样想着，他们快乐地消失在欢庆的气氛之中。

家庭地震

　　连续几日，商城中学的校园中总有人来问询学生的情况，先是马小宇的妈妈——刘新，她已经多日没有看见小宇回家了，不知这个小子这几日又野到哪儿去了。

　　接着来校了解情况的还有叶梦琪的父母、丁努努的祖父。丁努努的祖父是一个退休的教授，多次来校要求学校告知自己孙子的去向。学校也为这三个学生的突然失踪意识到问题的严重性，感到压力巨大。连续多人来校询问，这已经引起了学校领导的高度重视。特别是班主任刘佳丽，开始的时候她认为没有什么大问题，肯定又是这几个小家伙弄出来的一个恶作剧，可能是有意与老师开的一个玩笑，因为他们被称为"校园三侠"，可从来没有做出过什么出格的事情，更没有给她惹过什么大麻烦。

　　这几日，他们没有来校，刘佳丽老师也与家长们进行了沟通，他们的家长也知道自己的孩子都有一种特别的爱好，那就是喜欢做一些新奇的动作，但从不做没有分寸的事。

因此对他们偶然一两次外出也就没有放在心上，但现在已经连续多日不见孩子的踪影，家长们还是比较担心他们的安危，所以就开始请求学校与他们配合，来寻找这几个在近期失踪的孩子。

事情发展到这儿，班主任刘佳丽也开始有点着急了，自己这个班不知为什么，最近总是问题不断。先前是班上一个学生杜大伟不想再回到学校里来继续学习，后又经多方努力，才让他继续回校学习。

现在可好，真是一波刚平另一波又起，现在又冒出"校园三侠"集体失踪的大事件来。刘佳丽曾以为是孩子们家里有事才没来学校。她回想起来，他们好像已经三天没有来学校了，从星期一放学后，他们就高高兴兴回家了，这也是许多同学可以作证的，然后就至今没有见过他们的踪影。她也为这事纳闷，好端端的，怎么这三个比较听话的学生一下子就从商城消失了呢？这可是最奇怪的事情。

学校也开始重视这宗奇怪的失踪事件，性质也由事件上升为案件，可见此事的严重性。学校为此还专门成立了一个调查学生失踪事件的小组，一面向学生进行大面积的询问调查，因失踪超过了一定的时限，另一方面还得与公安部门进行汇报，报告学生失踪的情况。这样一来问题就显得十分的严峻，特别是家长们更是为之吃不好睡不着，引发出一场不可避免的家庭大地震。

这几日叶梦琪的妈妈孙雅琴就在为叶梦琪的失踪而吃不好睡不着，整日神情恍惚，派人到外面去找，说倾家荡产也要找到宝贝女儿。终于孙雅琴想起梦琪有一个好朋友叫马小宇，现在何不与这个马小宇的家长联系一下，或许能问个水落石出。

马小宇家也是掀起了一场轩然大波，本来刘新看到马小宇多日没有回家来，她还没有太多的担心，因为这个家庭一向以来就是比较冷清的。小宇几日不回来这样的情况也在以前发生过，她对这个问题一直没有引起足够的重视，但现在是小宇同班一个叫叶梦琪的女同学家长打来电话。这个叫孙雅琴的家长说到问题的严重性，这时，刘新才知问题不是她所想象的那样简单，特别是现在已经拖延多日了，要是再没有小宇的消息，那么就有可能出现意外，这可不是说着玩的。听她这样一分析，刘新也变得着急起来。

本来这个家庭就靠她一个人在支撑，现在突然之间马小宇不见了踪影，她心里空落落的，显得十分孤独与无助，平时两个人在一起生活，小宇忙他的，好似与自己没有多大关联，但现在真正不在家，她才明显感到不适。

丈夫马知欢一直在神锐研究所工作，平时又不常回家，看到这空荡荡的房子，她的心情就更加坏到了极点，要是小宇有个什么三长两短的，这样的日子过起还有什么意义，想到这儿，急得眼泪都出来了。她不敢想以后的结果，她一日几次电话催促马知欢，想想儿子小宇的问题怎样来解决，家庭关系一下子下降到冰点，她的坏脾气严重到连自己都不能控制了。

自己以前的一些怨气，所有的委屈都一下子全部都倾泻而出，都一股脑儿全发到马知欢的身上，弄得马知欢也毫无办法，赶紧从百忙的工作之中回来与刘新共同商讨对策，要是小宇到现在还没有任何消息，那就确实问题就十分的严重。

努努爸爸可是商城理工大学的资深教授，妈妈是政府的公务员，他们这几日也是在家庭里爆发了一场大地震。妈妈一再埋怨努努爸爸对孩子照顾得极少，以致弄得努努一个人在外面疯玩不归屋，现在可好了，他跟我们玩起了失踪，这可全是他这个爸爸的过错。努努妈妈说着说着就泪流满面，一把鼻涕一把眼泪在家中大吵大闹，搞得努努爸爸在家中不知如何是好。

务务妈妈闹了一段时间，她可能是太伤心太疲倦了，她自己也意识到再这样闹下去也于事无补，何况这也不能完全怪务务爸爸，都是大家太过于放松对务务的关心，以致有了现在难以收拾的局面。

　　静下来想想，闹也不是办法，还是应该主动去想办法，找到他们才是上策。如此一想，她心里生出一个主意，不知务务与他同班的马小宇、叶梦琪这两个同学的失踪是不是有什么关联，不如先与他们家长联系一下看看，看能不能有什么意外收获。这样一想，她就开始给务务的班主任打电话，问到了马小宇家的电话之后，很快就拨通了刘新的手机。在家中正愁眉苦脸的刘新一听到有找她的电话，她一下子就跳起来去接，以为小宇有消息了，但通过与电话那头的人交流，她才发现对方也是找人的。她像一个泄了气的皮球，一下子跌坐在沙发里一动不动。

　　刘新想现在靠个人的力量去找小宇十分艰难，三家抱成一团，或许很快就可以找到小宇他们。

　　三家的想法不谋而合，很快这几个出了问题的家庭就相约在一起，每个人的脸上都写着惊悸与失落。好久没有孩子们的消息，他们的担忧都系在绷紧的心弦之上，仿佛稍有什么不幸的消息，就会将他们全部击溃。但现在不是乱阵脚的时候，他们必须得想个办法，在最短的时间内找到三个孩子，让他们健健康康出现在面前，这才是他们最希望看到的结果。

　　但是现在去找，从哪个地方入手，可说是毫无头绪，一时无从下手。三家人商量来讨论去，还是没有一个确切的方案，在商城理工大学工作的务务爸爸分析说："这几个孩子从不乱来，他们应该是去了一个什么地方，可能是一时赶不回来，我们做家长的暂时不要乱去猜想。"

叶梦琪的妈妈孙雅琴接过话头说："努努爸爸说得也有道理，但是现在不知道他们是不是结伴外出了，如果是，那他们最有可能到哪儿去呢？"

在一旁陷入沉思的刘新，没有其他的想法，从他们两人的分析来看，她一时也没有什么合理的看法，特别是在碰到事情的时候，她的方寸就会全部大乱，再也没有什么好主见。其实这几个人说起来都是十分熟悉的，努努爸爸是大学教授，他与著名的马知欢研究员是多年的老交情，在政府机关上班的梦琪妈妈孙雅琴也认识马知欢，就是刘新也是她认识并打过多次交道的老朋友。他们都知道刘新的情况，因此在这样的情况下，他们在一边不停地想办法，显得情绪比较激动，而另一边刘新一个人在发呆，但他们并不责怪她，知道她一个人操持一个家不容易。他们都知道马知欢是一个工作迷，不常回家，家庭的重担全压在刘新一个弱女子的肩膀上，这可是他们都知晓的内情。

现在他们三个家庭都碰到了同一个棘手的问题，不知孩子们是暂时失踪，还是出了什么意外，他们也是事到临头，没有好办法来处理了。

看着大家都沉默不语，孙雅琴打破僵局说："我们这样拿不出任何方案也不是办法，你们理出头绪没有？"

刘新摇摇头，她此时头脑中一片空白，更理不出任何头绪。

努努的爸爸丁时雨经过考虑后说："我看这样吧，不如我们现在到学校去看一看，跟老师进行联系，看有没有遗漏的细节，问一问熟悉的同学，看他们知不知晓这三个孩子有什么反常的行为，这都可以为我们提供最有利的信息，或许可以找到问题的突破口，你们认为呢？"

"没有其他的途径，看来只好如此了，我们到学校与学生进行沟通，多处问询，应该可以得到一些有关他们的线索。"梦琪妈妈同意丁教授的建议说。

于是三个家庭临时组成了一个寻找孩子的共同体，不过作为素质比较高的家长，他们可不是去找麻烦的，他们只是想从刘佳丽的班上了解情况，只想尽快找到三个孩子。

找到归路

　　在商城中学的校园里，丁时雨、孙雅琴和刘新相约来到七年级八班教室，近来为了他们家三个孩子无缘无故失踪的事情，弄得个个都心神不宁、说什么的都有，可说是人心惶惶，到现在都没有这三个孩子的任何信息，三个家庭因这事而愁眉不展。

　　班主任刘佳丽心中也是忐忑不安。三个家庭家长的情绪都不好，孩子不见了，心情不好是可想而知了，他们虽然没有说什么不雅的话，但这时各个家长所流露出来的痛苦神情，刘佳丽是不可能感觉不到的。

　　刘佳丽心中不好过，但不能对家长有什么怨言，还得装着镇定没有事的样子，保持良好心态，想办法去不停地安慰家长，好让他们心里好过些。

　　孩子从来没有做过什么出格的事情，相信这次也应该能在未知的事件中化险为夷，家长着急的心情是完全可以理解，不用太担心，很快就会有消息的，她只能有口无心地做着安慰解释工作。

作为同行，丁时雨教授看到刘佳丽近来为孩子们的事操碎了心。其实三个孩子的失踪也与学校和班主任老师没有多大干系，努努他们是周末在校园外失踪的，这是他们向学生了解情况之后弄明白的，因此不能全怪班主任。现在看到班主任老师为此事而脸色憔悴，焦虑不安，无形中给了她巨大的压力，这可不是他们的初衷，他们内心也是自责，显得十分过意不去。

丁教授说："刘老师，你不用太担心，努努他们三人应该没事的。"看到刘佳丽老师一脸的无奈，丁教授只能安慰她。

人往往是事到急时智慧生，这时刘佳丽眼前一亮，这个问题自己怎么就忽略了呢，从同学之间不是打听到马小宇有一个可以穿越时空的软件，是不是他们去了什么地方旅行，到现在还没有回来？她这样想着，心中稍稍明白了一点，应该与马小宇的家长沟通一下，看看有没有什么奇特之处被忽略了。于是她马上就询问起马小宇的妈妈刘新来。

"刘新妈妈，你知不知道小宇有一个神奇的软件，听说可以穿越时空，到各个时间段进行时空旅行？"

一直在旁边的刘新听到班主任刘老师的问话，一头雾水，她有点慌乱地说："我可从没有看到小宇使用过什么软件，玩过什么特别的东西，小宇他也从未向我透露过有这个神奇的东西呀。"

"哦，是这样的，你不用着急，你先好好想一想，小宇他到底有什么非常特别的地方，使你感到惊奇的。"

"确实没有，但有次……"刘新说到这儿就停住了，那次自己刚从超市下班回来，自己进入小宇的卧室，明明没有看到小宇的踪影，正当自己坐在家门口发呆的时候，小宇又不知从什么地方突然冒了出来，弄得自己对小宇的举动心惊肉跳，还怀疑自己碰到了鬼呢？她将自己遇到的这神奇一幕向他们做了解释之后，自己也不知这到底是怎么一回事。

这时丁时雨教授笑了笑说："这才是问题的关键，你家小宇有可能带着努努与梦琪到另一个空间旅行去了，你们说，对不对？"

看到这个时候努努的爸爸还有心情开玩笑，刘新的心里也开始有了触动，现在的问题不是盲目去想，而是应该认真做好理性的分析，这才是对的。

她对丁教授说："您刚才说得很有道理，小宇他们三个有可能是去了另外的空间进行旅行，希望他们没有惹出任何麻烦，能够平安归来。"说完还在心里不住地祈祷。

再次说到孩子失踪问题，三个家庭在思想上都有了一个共识，那就是说"校园三侠"有可能都去了另外一个时空里旅行，因为他们太喜欢出外冒险猎奇了。

"小宇妈妈，你知不知道他们有可能采用什么工具去进行时空旅行呢？"丁教授又试探地询问刘新。

刘新听到问她这个问题，这可是她从来没有听小宇说过的事情。这时，她真有点着急了，儿子就在自己的眼皮底下进行了多次时空穿越，自己竟然一点也不知晓，她只有痛苦地摇了摇头，明显是什么也不知道，脸上写着万般的无奈。

丁教授安慰她说："不用急，你不知道没关系的，不过，你好好回忆一下，看看你儿子小宇有没有特别喜欢的电脑软件之类的东西，或者是什么光盘类的，都有可能是他们使用的时空软件，这可能对我们尽快找到他们有很大的帮助。"

刘新听他们说到光盘，心中算是有点印象，但还不够肯定地说："家中光盘倒是有一些，也不知到底是不是穿越时空的软件，我可从没有看到过他在我面前使用过，所以我对此可以说也是一无所知。"

"要不，我们都到你家中去看看，或许能找到你所说的有用光盘，可以尽快与小宇他们三人联系到，你认为怎么样？"丁教授说到这儿，总是保留一个知识分子的彬彬有礼，显得特别有气质特别有风度。

话说到这，刘新也不知该怎么办，只好与他们一同到家中去看看，希望这最后一根救命的稻草，能给他们带来意外的惊喜。

现在商城中学为这件事也是十分的头痛，毕竟有三位品学兼优的学生突然失踪，连续几日没有任何音讯，这可不是闹着玩的，不出任何安全事故这才是最好的，要是出了问题，学校也将造成不少的负面影响，因此学校领导对此事件十分重视。

班主任也是十分的紧张，她从担任这个班的班主任到现在波折不断，光是一个杜大伟就让自己受到影响，至今还没有走出失误的阴影。现在又是三人集体失踪，问题更显严重。当务之急是自己能够平安渡过面前的艰难局面最好，不出任何对自己有影响的事最佳。

现在没有任何退路了，听到丁教授这样提议，不如就跟他们一起到小宇家去看看，希望能有惊奇地发现。

于是三个家庭加上班主任刘佳丽临时组成了一个小组，一起为寻找校园三侠，紧急地开向马小宇的家。

且说马小宇、叶梦琪与丁努努在未来的商城逛了一个遍之后，了解到商城一些风土人情的巨大变化，特别是基本上弄清了自己在未来的人生定位，不过他们没有对自己的将来进行详细的了解与调查。因为马明起博士一再强调，不能太清楚自己未来的前景，说这是天机不可泄漏，了解太多对未来自己的发展没有好处。因此他们一看到与自己有关的活动都是选择躲避，这样就可以让自己活出自己的本色人生。

　　毕竟任何人为改变设想的发展道路是不成熟的，他们三人这样认为，他们见过不少这样的例子，强扭的瓜不甜，早熟的果儿不好，说的就是这个道理，他们希望自己能按部就班地走一条平稳的自然成长道路。

　　仅仅十多年的变化，商城市确实可以用日新月异这个词来形容了。商城的城市建设一个比一个豪华、高楼一栋比一栋气派，原先一条主街道就成为连接整个城市的中轴线。现在，从他们跑马观花所看到的城市发展规划来看，明显就感觉到商城有了质的飞跃。

　　为了加强城市的提升战略，已经准备将这一条中心街道进行改造，将城市中心向五彩峰方向靠拢，实现城市的东扩西延，同时还将城市的街道进行重新的规划与定位，这可是近年来商城改造、提升品质的良好开端。

　　他们从这儿基本上看到了2069年商城市初具规模的影子，可见一个城市的发展，每向前一步都需要付出巨大而又艰辛的努力。

　　"校园三侠"一路看来一路不停地发着感慨，这时，走在后面的叶梦琪提醒他们说："现在我们离开学校好像有几天了吧，不知老师以后会怎样来批评我们，特别是家中的父母这么久没有看到我们，也不知会急到什么程度，我们还是快点回去吧！"

　　努努也开始着急了，想想一向从没有离开过父母，现在一走就是几天，连任何消息都没向他们透露，想到这，他有点担心地说："最担心、最着急的应该是我们的父母，这么长时间没有看到我们，他们现在不知急成一个什么样，要不，我们快点回去吧？"

　　"好好，马上就回去，免得父母与老师为我们担心和着急。"离开父母几天后，叶梦琪此时非常想爸爸妈妈，视自己为掌上明珠的妈妈现在不知急成什么样子，想到这儿，她眼角闪烁着泪花，声音也有点哽咽。

小宇看到努努与梦琪都有一种非常急迫想回家的心情，自己也开始想念起妈妈来，于是三人再也没有心情欣赏商城美景了。根据大概位置进行判断，停放梦想号飞船的地方是在五彩峰下的人工湖边上。他们迎着五彩峰，快速向梦想号飞船抄近路跑去，很快他们就来到了街心花园的花坛边。

被掩藏的梦想号飞船，不知被哪个人抖落伪装暴露出来了。这时在梦想号飞船的周围围着一些看热闹的人群，可能是他们从来没有看过这样一个新奇的东西。还有不少的民警在维持秩序，他们一面在飞船的四周拉起了红色隔离线，一面还在指挥人们不要乱动这个降落在本城的神奇飞行器。三人要回到那里去，还真的有点难！

现在怎么办呢？小宇他们三人看到已经有警察介入，那么他们就不能轻而易举、旁若无人地进入将飞船弄走，必须得想个办法才能不引起任何的误会，但有什么办法呢？

他们直接上去，又没有在未来行走的通行证，更没有任何的身份证明，一时，三人又陷入僵局之中。好在还是叶梦琪想家心切，情急智生，她非常友好地走向警察叔叔，很有礼貌地对站在梦想号飞船前的警察叔叔说："叔叔，您好，这是马明起博士为我们设计的一个梦想号飞船模型，刚好我们今天在试飞，来到了这个地方，到城里各个地方转了一圈子，因此就将它停在这儿太久了，影响了人们通行，真是对不起。"

"原来是你们的，那你们快开走吧，我还以为是一个什么天外飞行器呢？"站在她面前的一个胖警察一脸的和气回答道，看到有人声明对此怪物负责，他如释重负地吐了一口气，终于又可以下班回去交差了。他与另一个执勤的同伴互相交换了一下眼色，准备收队撤离，一会儿工夫就上了他们的执勤车开走了。

看到他们开车走了，"校园三侠"马上进入梦想号飞船，小宇坐在控制台前，先仔细地看了看屏幕显示器，这回可不能再大意了，在一旁注视他的叶梦琪看着到小宇将准确的年份与小宇家的地址输入电脑控制器之后，才提醒大家准备启动梦想号飞船开始返回家园。

小宇此时的家中可说是热闹极了，丁时雨教授、叶梦琪的妈妈孙雅琴、班主任刘佳丽与小宇的妈妈刘新，以及新月小区小宇家的一些邻居，都挤在家中看丁教授摆弄着电脑。就连一直比较繁忙的小宇爸爸马知欢，也在百忙之中赶来。这两个对电脑比较了解的大人，开始一个一个放入各种光盘，希望能找到小宇曾经用过的可以进行时空穿越的软件。但试了一段时间，他们两人还是不解，没有找到解决问题的有用光盘，更别说办法了。

按理来说，既然是采用这儿的软件进行时空穿越，为什么电脑中没有一点使用过的痕迹，因此再这样试下去，也是一种枉然。

马知欢对丁教授说："从我们试验的过程来看，这三个小鬼绝对没有使用过这儿的软件，因此可以断定不是这儿，应该还有其他的途径。"

"你还有什么新的想法？"丁教授听到这儿，他分析了一下，也认为从这儿出去的可能性极小，因此也迫切需要找到新的突破口。

"让我想想，哦，对了，还有一个人，可以帮助他们实现。"这时马知欢有点兴奋地说。

丁教授好奇地问："谁？"

"马明起博士！"马知欢一说出这个名字，大家更加确定了这个问题即将揭开谜底，因为马博士就是这样一个电脑软件设计与创新方面的科学家。

刘新快人快语地说："那还等什么，我们这就去找马博士。"

这样一大队人马都准备从房中撤出，刚好小宇他们三人坐着梦想号飞船正慢慢降落在他们家前面宽宽的街道上，一行人看着这个奇怪的东西突然从天而降，一时愣在原地不知该怎么办。

等看到马小宇、丁努努，还有叶梦琪一个一个从梦想号飞船里面走出来时，大家提到嗓子眼里的担心才放下来。然后就是几个非常感动人的场面，小宇飞快地跑到爸爸妈妈的面前，叶梦琪哭着投入孙雅琴的怀里，哇的一声哭了出来，努努迅速地扑向自己的爸爸丁时雨，不过没有哭，眼睛却红红的。三个孩子在父母的热盼中安全归来，刘佳丽看到这一幕，悬着的心总算落了地。她没有说什么，只是在大家没有注意的情况下，她默默地离开了。

回到校园

　　商城中学的校园很快就恢复了平静，学校没有对马小宇他们三人的失踪事件作过大的宣传与处理，班主任刘佳丽也没有对他们进行过分批评。因此马小宇、丁努努与叶梦琪突然失踪多天的事件，就在她轻描淡写而又极得人心的开导中、顺顺利利一带而过，算是平息了。

　　小宇他们经过这一次未来的冒险，知道给学校与家庭都造成了巨大的伤害，老师不说，但在他们内心里确实是感到十分过意不去。特别是对班主任不公平，要是以往发生这样大的事，学校也会对班主任进行严厉的批评与指责的，班主任也会对犯事学生进行严厉惩罚的。这次她没有对他们的失误做出任何过火的行为，可说对他们网开一面，他们感觉到班主任明显对学生教育问题的审慎性思考。不过他们还是觉得对不住班主任，她越是对他们不批评，他们就越发显得心里有种歉意，极想找个机会好好与她说说，沟通一下。

　　但看到她这个样子，好像不太专心关注这个问题了，又不好旧事重提，搬起石头砸自己的脚。小宇他们三个鼓了几次勇气都没有找到机会，因此时间一拖也就没有实现，只好作罢。

不过，他们三人还是独个到班主任面前认了错，承认自己这次所犯下的严重错误，特别是给班主任所增加的心理压力与心理负担是不可言说的，这都是他们目无组织纪律所造成的严重后果，请求班主任一定要原谅他们这次所犯下的过失。

有了这样多次的自我认识与自我批评之后，班主任对这件事也不再有什么思想顾虑了，小宇三人看到她一直紧锁的眉头终于舒展开了，他们看到这一幕才让久悬心头的一块石头落了地。

三个好友从班主任的办公室里出来，本来十分凝重的表情一下子都放开了。这一次，"校园三侠"本来心想是不能逃过班主任的严厉批评与惩处的，他们静等这一场特大暴风骤雨的来临，可是来的却是一派风平浪静的妙景。所有惩罚在今天都破天荒地一概免除了，这可是他们始料不及的。不过没有受批评并不表示所有的事可以一笔带过，他们清楚有些人是喜欢秋后算账的，他们在心中想着。反正要来的还是会来，他们已经做好了准备，不管有多么严厉的惩罚，他们都做好了准备。

孩子们的心理是不可能任何事都想得那么周全的，其实老师对他们的严厉只是关爱体现的一种方式。试想一下，一个正在接受教育的孩子，假如说在学校没有老师从各个方面来进行教育，好的得不到表扬，做得不好也没有老师及时进行批评指正。你可以想象这个孩子怎么能在学校这一个环境中健康成长呢？有句话说得好"名师出高徒"，在严谨负责的老师名下，你才有获得巨大进步的可能，而一个对学生成长不闻不问的老师，你怎么能获得进步呢？

其实班主任刘佳丽也在不住地反思自己的教育行为与教育方法，现在以马小宇、丁努努与叶梦琪组成的校园三侠，在全校面前给她的班级捅了一个天大的马蜂窝。他们一向没有特别让老师头痛的问题，但他们没有与老师和父母进行沟通就擅自进行了一次时空的探险游历，在社会与家庭，在学校与老师内心都造成了极大的恐慌，幸好没有造成意外事故，这可是不幸之中的万幸。

家长心情焦急，为此愁苦不堪，学校也为此事给自己敲了无数次警钟，其实这一切都算不了什么，人能平安归来就是好的结果。

这次意外的时空之旅，孩子们也是被吓破了胆，他们心里肯定也是十分难受，如果我再给以任何批评与指责，无异于在他们的伤口上撒盐，秋后算账于事无补又有什么意义呢，最好的办法是安抚，这或许是教育者的智慧。

她翻来覆去地想了很多，因此现在她的心态平和了许多，教育学生也要改变策略，变换方式方法，这样才能做个与时俱进令学生喜欢的好老师。

小宇对努努与梦琪说："你们看，班主任经历这件事之后，一个人完全变了，这可是我们以前所没有看到过的现象。"

努努接过话头："是呀，不知是不是这件事给她的打击太大？"

"这有什么打击，我们又没有给她造成什么大乱子。"心直口快的叶梦琪口无遮拦地反驳道。

"怎么会没有打击，小孩子看问题，往往只看到问题的表面，其中深层的复杂与微妙你真是一概不知。"小宇看到努努有点激动的样子，他放缓语气跟叶梦琪解释，"你想，我们没有与任何人通气就无缘无故失踪几天，家长们是多么担心，这种担心也就与学校紧紧联系在一起，学校首当其冲的就是班主任刘老师了，上次她还在为杜大伟的事件没有走出心灵的阴影，这次又冒出有三个学生突然失踪的大事件来，你能说她没有巨大的心理压力吗？也不知她此时心里的阴影面积到底有多大？"

"那也不至于怕成这个样子，或许是她心中另有想法也不可知。"叶梦琪继续打着擦边球，嘻嘻哈哈地自圆其说道。

三个人在一起争论了好久，最后叶梦琪总算是理解了班主任的苦衷，好在下课的时间有限，随着铃声的响起，他们只好中断争论进入教室上课了。

这一节课是汪洋老师的数学课，马小宇虽然人坐在教室里，但他是身在曹营心在汉，他那颗不能平静的心还在未来进行游荡。他们校园三侠曾经到过的三个时代，在他们的心目中都有很大的印记，这与现在是完全不同的世界，第一次去，感觉到未来的可怕，特别是由于马明起博士发明研制的生命密码改写了人类的生命进程，以致出现一些可怕的现象，他们感觉到这样的世界并不可爱。所以他们回来后泄露了未来的一些机密，引起了国家相关科研部门的重视，因此改变了投入使用生命密码的方式，所以才使人类社会的进程马上转到科学发展的道路上来，这是可以使人感到欣慰的。其中最明显的要数他们的好伙伴杜大伟，到他们第二次穿越时空再到未来，与现实生活中的人物命运进行联系，最大的变化就是杜大伟再也没有了第一次的窝囊。他们在未来几次都看到大伟在其中的表现，他可能没有注意到校园三侠的到来。但从这些过程可以感觉到未来的某些方面在人类一次小小的干预之下，确实可以实现人类命运的巨大改变，现在的一小步在未来就标志着迈开了一大步，小宇想到这不住地感慨着。

在未来，他还看到许多新奇的事物，特别是孩子们的学习与现在有了明显的不同，他们可以自由自在的按照自己的兴趣爱好进行学习，可以真正自主学习与探究。一节课的时间就在他不住的开小差中过去了，汪老师这节课重点讲的是什么，他可一点也没有听进去。不过好在他比较有头脑，这些课程在他的心目中，只要稍加理解就可以弄懂，这可都难不倒他。

下课后，坐在他不远处的叶梦琪关心地问小宇："小宇，你怎么啦？上课好像魂不守舍的，莫不是头脑烧出了什么问题吧！"

"没、没、没有。"小宇有点结巴地应着。

"那你这一节课好像都在想问题，是不是遇到什么难题，还是心中有什么事？"

"谢谢你，梦琪，真的没有事，我只是留恋我们在未来所看到的一切。你呢？"

"我也有种这样的感觉。"梦琪接过小宇的话头，有点忧郁地说，"其实，未来之行使我们明白了一些问题，也可以看到现在存在的一些不足之处，特别是需要改进的地方，你说对不对？"

看到叶梦琪与马小宇在这样有趣地进行对话，在教室另一个角落颇受冷落的丁努努可不干了。他大大咧咧地走到他们的面前，带着笑意责备他们说："好呀，刚受过责罚就好了伤疤忘了痛，还在这时空呀、未来的，你们不怕班主任将你们充军到遥远的未来吗？"

叶梦琪反驳他："当然也少不了你，要是我可能将你送到一千年以后的时代，看你还在这儿幸灾乐祸的。"

"别再耍贫嘴了，梦琪，看看你的手表式手机，我想借一下给马明起爷爷打个电话，可以吗？"小宇看他们俩又开始了斗嘴，于是在一边笑着打趣他们。

"好，你拿去吧。"叶梦琪将手表式手机给了马小宇。

小宇拿着手表式手机准备给马爷爷拨电话，他想给马爷爷汇报上次未来之行的经历，特别是对他们使用马爷爷的梦想号飞船表示感谢，不能用了他的梦想号飞船就没有了回应，所以他极想对马爷爷说声谢谢。

马小宇接过梦琪递给他的手表式手机，准备给马爷爷打电话。对着电话喊出了马爷爷的名字，但电话没有回应。他感到十分的奇怪，在未来他们都使用过，特别是看到那个叫千寻依依的热情女孩使用的过程，难道在现代这个工具不能使用。这应该是不可能的事，他们在2046年的时候就还用它进行过时间的确认，不过没有尝试打过电话，不知这未来的东西在现在能不能使用，这可是个值得探讨的问题。

看到小宇拿着手表式手机没有动静，叶梦琪也不知小宇到底是哪个方面出了问题，一时感到十分纳闷，她问小宇："是不是手机不能打电话，还是有什么故障？"

这时，小宇才有点不好意思地说："可能在现代打不了电话，我输入号码几次了都没有一点儿作用。"

"怎么会这样呢？你可能没有正确使用，拿给我试试。"梦琪说着，接过小宇递过来的神奇手机，就开始在手中进行调试，一看发现小宇没有将一个转换开关打开，所以不能输入号码进行工作。

她笑着打趣说："这个手机是我的专用设备，其他人是不能乱用的。"

然后她就对着手机喊"马明起博士"，手机马上就接通了马明起博士家中的电话，一个比较苍老的声音从手机中传来，梦琪将手机递给了小宇。

小宇欢快地向马爷爷问好。好久马明起博士才知是小宇打来的电话，有段时间了，小宇一直没有与自己联系，他感觉怪想念小宇的。然后他们祖孙两就在电话中进行愉快的通话。

在一旁注视他们的同学，看到叶梦琪这个手表式的手机，感到十分惊奇，特别是一向爱怀疑的王经文，还有爱播新闻的周娜、朱明明等人，对新鲜事物好奇，这促使他们都围过来问叶梦琪，这个新式手机是从什么地方买来的。

一时弄得叶梦琪不知该怎样回答，这是一个秘密，怎么能对他们说是在未来别人送给自己最贵重的礼物呢？但不说，他们又要刨根问底，在没有办法的情况下，她只好对大家说："这是一位朋友送给我的礼物，是高科技产品——智能手表式手机，不用电池就可以使用，凭借自身的脉搏跳动来进行能量储蓄，并转化为手机的持续能量。这样只要你戴在手上，你的脉搏跳动的能量就可以长久为手机提供能量，永远没有枯竭的可能。另外，手机不用现在的数码输入，采用一键转换方式，只需对着手机说出你要打电话人的名字就可以马上接通，当然是要这个接电话的人必须有通信工具。刚才打给马明起博士的电话，你们就亲眼看见我只对手机喊了一下马明起博士，手机马上就接通了，就是如此简单，当然还有许多特别的功能，我们现在手机有的它都具备。"

叶梦琪这样一说，在周围的几个同学都听得目瞪口呆，不过，他们都亲眼所见，亲耳所闻，这可是不能造假的事实。他们都羡慕得不得了。

小宇打完了电话，顺手将手表式手机交还给了叶梦琪。这下可热闹了，围在她周围的人都争抢着来看这个神奇的手机。看到这个场面，小宇知道这是自己给她惹来的麻烦，但不满足他们的好奇心，是无法脱身的，他苦笑了一下，对叶梦琪不好意思地笑了，然后就快速离开了他们。

回归自然

虽然已到深秋，但气温一直很高，让人十分燥热。这可能就是人们经常所说的，秋天有二十四只秋老虎。这样看来，一浪高过一浪的秋热可能要持续较长的时间了，地上没有风，天空中更没有一丝云彩，仿佛着了火一般，让人十分的难受。要是下一场大雨，一场秋雨退份凉，或许这样才能缓解燥热。

又到放学的时候，学校的人行道上又是人头攒动，一片喧闹的景象。马小宇、丁努努与叶梦琪一道走着，他们这几日虽然为上次到未来旅行之事给班主任造成的不利影响而深感不安，不过好在班主任好像脾气性格发生了巨大的改变，一向以严厉著称的她，这次不但没有抓住这件事穷追猛打，还在课后找他们三人来了解到未来进行旅行的一些情况。他们三人没有想到她会发生这样巨大的变化，既然如此，小宇与好伙伴们也就不再有任何的思想顾虑了，这件事就这样风平浪静地化解开了。

有两次去未来的旅行，小宇他们是既对未来的生活有万分的向往，同时又为当今的世界不能发展到那种程度而着急，好在社会的发展态势还是比较平稳的。

这也是他们比较乐观与放心的地方。

现在他们三人又准备到马明起博士家去一趟，好久没有去看望博士爷爷了，顺便也向他表示感谢。三个人一边谈论着学校里的趣事，一边向马明起博士的家里走去。

叶梦琪对他们两个说："你们猜，我今天的生物测试能得多少分？"

"这谁知道啊？我们又不是你肚里的蛔虫。"丁努努故意打趣调侃她说。

叶梦琪嘟着嘴，一脸的不高兴，这时小宇在旁边看到这一微妙的变化，马上接话说："我想，这可是你的强项，应该不会超过一百二十分，我们的大才女。"

"懒得跟你们说，没一个正经的。"说着她就一个人向前面跑了。

看着她好笑又好气的样子，小宇与努努在后面偷偷地笑着，两人加快步子，很快赶上了叶梦琪。

小宇安慰她说："我们说你考得好，你又生气，若说考得不太理想，那你不就更伤心了吗？"

"怎么跟你们两个榆木脑袋说不清楚，谁说我考试考得不好啦，我是要你们俩笨蛋猜我这次能得多少分？"

"啊，是这样，我猜可能得65分吧。"努努第一个说出他的想法。

"差得太远了。"叶梦琪在一边提示着。

"难道是56分不成，这可不是你的本事呀！"努努继续往下压着，他想你说差得太远了，是不是还需要将分数往下压，不过，他心里是清楚她要说的肯定是太低了，应该分数比刚才猜的65分还要高，但他故意不说。

"懒得跟你说，越说越离谱，真是狗嘴里吐不出象牙。"她明显有点生气的样子，将脸转向小宇这一边，不再搭理努努了。

小宇出来打圆场，慢慢悠悠地说："我想，可能是努努理解错了你的提示，这次试卷比较难，你得80分不在话下，但你要我们猜，说明你可能考得特别好，我估计有90多分，对不对？"

"这还差不多，我听生物老师说了，这次考试全年级就我一个人考得最好，刚好90分，还是小宇厉害，佩服！"梦琪好像找到知音似的，故意向努努炫耀着。

"对不起，小生这厢赔礼了。"努努在一边做出滑稽的动作逗叶梦琪。叶梦琪看了，不由扑哧一笑，算是将自己不好的心情完全驱赶走了。

不一会儿，他们三人就来到了马明起博士的家门前，小宇一到屋门口就大声地喊起来："马爷爷、马爷爷。"可是没有回应，这是怎么回事，小宇他们有点意外了。

他们将轻掩的房门推了一下，房门一下子就打开了，他们径直走了进去，才发现马博士正在研究室里工作，小宇他们大声叫着马爷爷。

听到喊声，马博士抬起头来，一时还没有从工作状态中恢复过来。他有点手忙脚乱地朝喊他的方向看去，好久才发现是小宇他们，这时，他才停下手中的活儿，非常热情地接待了他们。

小宇对马明起博士说："马爷爷，您好，感谢您为我们到未来旅行提供支持与帮助。"

马博士笑着说："这算不了什么，为你们提供科学的服务，这是我最大的乐趣。"

马博士停了一下，接着说，"上次，听说你们到未来的旅行，出了一些小小的问题，是不是给学校、老师以及家长都带来了惊吓？"

"那是我们的失误，其实没有一点问题。"小宇在一边故作轻松地解释说道。

"科学是来不得半点马虎的，因此我一再要求细致、周密，这样才不会出现半点意外，其实就是这个意思。不过，这样的事情在生活中也是经常会碰到的，不用太为之耿耿于怀了。"

"那是，那是，马爷爷，您设计的梦想号飞船还在我家，我们一直没有时间给您送过来，真是抱歉！"小宇有点不好意思地说。

上次他们三人从未来回来之后，接着就在学校里进行紧张的学习，所以还没有将梦想号飞船送还给马博士，因此到现在还一直停放在小宇的家中呢。

努努与梦琪也在一边附和着，说着一些感激的话。

马博士笑着说："这都没有关系，你们这三个孩子都相当不错。我想在我的有生之年，帮助你们做一些有意义的事情。这不，你们刚才看到的，我想为你们准备设计一个更好的程序，帮助解决梦想号飞船的一些纠错程序，可以使它能更适应任何环境下的飞行。"

"什么新程序？"三人一听到是有关梦想号飞船的事物，他们的好奇心马上又被调动起来，不约而同地反问马博士。

"不要急，让我慢慢向你们解释。按我的设想，梦想号飞船应该是十分理想的时空转换工具，不但可以到未来进行旅行，知晓未来的一切，也应该可以使时间回溯，去详细了解过去的风云变幻，你们说对不对？"

"对对对，太对了，功能增强，更加科学设计，这才是最理想的时空转换工具。"小宇在旁边小鸡啄米似的回答着。

"梦想号飞船设计了两套安全程序，一套可以按自己的意愿进行时空旅行，时间可长可短，但这样随意性太强，如果你陷入其中而乐不思蜀，甚至不知返回，那就有可能出现许多意想不到的问题；另一套可以说是安全逃脱程序，时间都是可以固定的，你可以设置是两天，或者是一个星期七天，不管你在时空里完没有完成任务，一到时间，它就会自动关闭，将你定点搜寻并引领到飞船后，再安全返回到现实世界。不过，总的一条，不管碰到任何不以人的意志为转移的事情，你们都会没有任何危险，被找到搭载进入飞船。梦想号飞船就是自己毁灭，也会保障所有在飞船里面人员的生命安全，用逃逸系统安全弹回来，这可是一个最高机密性的安全设置。我还准备将这一发明向专利局申请专利呢，要是全部装到飞机上，不管飞机再发生哪种坠毁性空难事件，里面的乘客都可以安全降落到地面，而不会再受到伤害。"

"这就太好了。"在一边好久没有插话的努努非常兴奋地说，"那以后，我们就可以更加方便外出了。"

"是呀，这样我们就非常方便，既可以访问未来，又可以到你想去的过去，真是太神奇了。"叶梦琪微笑着补充。

"不过，科学的东西虽然可以使我们获得一些好处，但我们最重要的就是尊重自然的发展过程，在未来不能过分透露先机，不然势必就会造成一些不必要的麻烦。同样在过去，也不能将所看到的一些不平之事、不合理的事物进行强加干涉。因为有许多事都是不以人的意志为转移的，弄得不好就会引发世界大乱，甚至引起历史的改变，而历史是不容改变的，这都是你们进行探险活动的大忌，因此要切记！切记！"

　　三人都点了点头，世间所有的事物都是如此，你若加入了太多的人为因素，你就会受到自然界最严厉的惩罚，这可是他们看见过的许多事情带给他们的警示。

　　马博士继续说："现在人类都十分重视回归自然的问题，人们的衣食住行都在追求最自然的东西。比如吃的讲究吃土味没有加入激素的食物，穿着是土地上产的纯棉花制品最佳，不会引起任何皮肤病、不适应症，住就追求和谐宜居环境，行则讲究安步当车、自然健身，这可都是人们的生活新变化。

　　另外，学校的教育，教育家们都在不停进行教育探索，都想找到一种最科学最适应人类知识摄取的途径，从传统教育到素质教育，现在又提倡精细化教育，人性化成长教育，甚至设想可以进行记忆移植，将人类的智慧和知识做成芯片，复制到人的大脑，缩短接受知识教育的时间，让人享受真正快乐的人生，去实现未来的理想社会，这才是最好的社会发展。"

　　时间已经不早了，他们感觉今天听了马博士的谈论，可说茅塞顿开，感触很深，不管科学怎样向前发展，人类在回归自然方面，一直在不停地做着努力，这也是一向追求的目标。

　　这也是今天博士一再向他们讲述的道理，因此不管以后进行怎样的探索活动，他们必须注意到这个问题。

　　临走时，小宇提出等以后有时间再将梦想号飞船送还给马爷爷。

　　马博士笑着说："不用还，那个梦想号飞船就算是我送给你们的礼物，有机会你们可以用它多开展一些有意义的探索活动，不过要处理好学习与探索的关系。"他从自己刚才还在运行的电脑中拿出一个小光盘交给小宇说："这就是我提到的可以进行改造升级的新程序，梦想号飞船上有一个可以放软件的口槽，只要进行更新加载就可以使用的。"

"好，这我懂，谢谢爷爷，爷爷再见！"小宇说着就与努努、梦琪一起跟马博士道别，哼唱着愉快的歌儿，开心地回家了。

未来可期

连续多日都是炎热干燥的天气，人们都感觉到这个秋季气候的不平常，以往那种秋高气爽、景色宜人的感觉一点也感受不到，这个秋季比以往任何一个秋天的到来都要让人难受。

田野里庄稼仰望着没有一丝云彩的天空，仿佛在幻想要是给我一点甘露那该多好，土地中好久没有雨水滋润，白花花的让人感到万分难受，不少种下去的庄稼都还没有长出来，有些过早出生的嫩芽在炙热的烘烤之下，蒸发掉了最后一丝水分，整个大地呈现出一片没有雨水滋润而又在与生命进行抗争的胶着状态。

平时一直水流淙淙的小河，如今水量大减，许多裸露的河床显示出黝黑的渍状物。一些小孩早早地下到水不深的河谷，浅滩中的小鱼小虾成为小孩子们的玩伴，他们高兴地在这些小水洼中捕捞小鱼小虾，真是少年不识愁滋味。他们将游玩的快乐播种在蓝天下，沙滩上洒满了孩子们的欢笑声。

人们迫切盼望着下一场透雨，让秋雨送给人们一些凉爽，让雨水给各种生物以滋润。农谚说："晚禾不要粪，就靠秋雨喷"，但这样长时间没有下雨，如此恶劣的气候给农业生产带来了许多的不利因素，下雨成为当前不少人的祈盼。

小宇他们从马明起博士家中回来之后，特别是马爷爷给他们上了一堂关于未来和谐发展的课，其中多次提到关注自然发展的问题，这些话总是在他的耳边回响。人类如果过分地追求经济效益，而不注意自然的发展规律，不加强环境保护，过分向大地母亲索取，那么人类就会受到大自然最严厉的制裁，这可是人类必须引起高度关注的问题。

商城广袤的土地上正遭受几十年以来从未遇到过的最严重干旱。要是没有雨水的及时灌溉，那么今年的收成就会受到毁灭性打击。这可是人类不顾自然规律而受到的一个小小的惩罚，过分地砍伐森林、过分地使用有碳燃料，释放大量的温室气体，从而引发了一系列的自然灾害。这仅仅是人类所受到的大自然灾害惩罚的开始，因此不加强环境保护，其后果是不堪设想的。

任何事物都是利害攸关的，有利必有弊，这可是事物矛盾着的两个方面。

科学向前发展，一方面在给人类提供取之不尽用之不竭的丰厚物资，但另一方面又在大量破坏环境，打破了自然界的正常秩序，毁坏了生物链，污染了环境，因此产生了各种恶劣的自然灾害特征。

按照自然的发展规律办事，遵守自然的和谐发展规律，这应该成为人类科学利用自然资源的共同守则，小宇这样想着。他看了看马爷爷送给他的那个梦想号飞船，他将程序进行改进之后，这艘梦想号飞船以后就可供自己随时进行时空旅行了。他可得好好利用起它来，为人类的进步与发展做出自己应有的贡献。

起风了，这时天空中飘来了一些厚重的云层，燥热的地下依然显得异常闷热，越积越厚的层云开始在五彩峰上聚集，人们热盼的大雨可能就要来临。

天空中开始传来隐隐的雷声，太阳开始躲进云层中去，给久经旱热的人们一丝喘息的机会，天底下许多人开始从房屋中跑出来，大声喊着传递着一个喜悦的信息："要下雨啦！要下雨啦！"

一波又一波的人互相传递着、叫喊着、欢呼着，真是天遂人愿，远方的五彩峰上一朵十分浓厚的积雨云正逐渐向城市中心快速飘移，很快就将整个天空遮得严严实实。不一会儿天空中果然下起大雨来了，人们开始狂欢，不顾雨点猛砸的痛感，不顾被雨水打湿衣服的尴尬，纷纷在雨水中尽情地享受大雨带给他们的凉意，手舞足蹈，一派欢庆的景象。

大雨一直下了很久，雨水深深地渗入地层，庄稼贪婪地吮吸着这久未相逢的甘甜。小宇看着这一切，想起马明起博士曾经说过："任何事物都不可能是永恒的，一旦沾上永恒，那么这个世界就会停滞不前，但人类追求梦想与探索科学的精神是永恒的，人类只有不断追求一种永恒的美，世界才会变得更加美好。"

是呀，人类不能寻求永恒的事物，但追求十分和谐的社会发展。科学发展，这一直是我们追求的目的，就如一场及时的秋雨，成为人们的祈盼，可以润物无声，可以深深扎根于人们的心中。好的东西值得永久保留，不好的东西要学会有所扬弃，这才是人类未来永恒发展的主旋律。

后记　写作让人生更加丰盈

　　如果有人要问，我最喜欢做的事是什么？那么我可以大声地告诉他，读书写作是我的最爱。虽然没有"吟安一个字，捻断数茎须"那样的悲壮，但挑灯夜读，倾情写作，辛勤耕种，等待收获，这才是我想要的人生。

　　无数次安慰自己，只言片语，不求通达，只想自娱，自我感觉良好即可，无关外界的花红柳绿，不用操心登上大雅之堂，不用费心出版或发表。时间一长，只看到这片狭小的天地，总感觉自己的世界特别小，我开始有了让文字走出深闺的想法。

　　无数次心灵的交织，无数轮灵魂的搏斗，不走出第一步，自己可能永远陷在短视的界限里出不来，这是一种青春的颓废。青春是用来奋斗的，而不是用来挥霍的。因此拒绝平庸，喜欢超越，有梦最好，希望相随。做自己痴迷的写作梦，这才是我心灵运行跳动的轨迹和最真实的理想追求。幸好在这平凡的经历里，我一直没有抛弃自己。

　　教书育人之余，我从未放弃过自己的写作梦想。我的改变从写新闻开始,一步一个脚印,用多年的写作经历,见证了自己的人生蜕变。虽然没有成为璀璨的明星,但也超越了原先的自我,写作让人生显得更加丰盈。

兴趣先从新闻始,写作铺就成长路。在学生时代,其实我最怕的就是写作文。但我知道做人要有一种不畏艰难、勇往直前、永不言弃的斗志。从参加工作以来,我就暗暗努力,想凭一股钻劲儿,给人生多抹些靓丽的色彩。我开始了日常练笔,通过观察探索,不懂处就虚心求教,一路跌跌撞撞走来,慢慢写出了《有你真好!》《一个都不能少》等文章,并在《岳阳晚报》《中小学素质教育》等报刊上发表。

成功往往催人奋进,更是强大的写作动力。兴趣铺就写作路,人生总有惊喜来。从此我就与新闻写作结下了不解之缘。记得"壹基金"来南江镇上坪小学开展活动,给贫困孩子发放爱心温暖包,我被学区派去做跟踪报道,尽管天气寒冷,但看到孩子们那纯真可爱的表情,我也被生活中的温情感动,于是就写出了《这个冬天不冷》《有一种爱心叫激励》等系列报道,并被湖南教育网等多家媒体采用,我认为写新闻能弘扬社会正能量,激励更多真善美的场景重现,我很乐意宣扬这些有意义的事情。

行到水穷处,坐看云起时。接着类似《小小的举动,大大的爱心》《特别的爱给特别的你》《以梦为马,收获精彩》等1000多篇"暖"新闻先后在《中国教育报》《科教新报》《湖南教育》等报刊媒体发表,我努力展示了人性最美的一面。其中《"特殊"的母亲节作业》一文还被评为平江县"十佳教育新闻",本人先后16次被评为平江县优秀通讯员。

在新闻练笔中,我没有虚度人生,我用文字的堆叠,丰盈了单色调的教育人生,使生活在春天的世界里,绽放出了五彩斑斓的美丽。

开始孕育崭新的梦想，写作为我打开了另一扇新窗。

潜心教研终不悔，彩云长在有新天。在写好新闻的同时，我也开始尝试用新闻的笔法来探索教研论文，我认为一个教师若不经常反思自己的教育行为，不进行教育的总结，那么好的教育经验就得不到共享与传承。这样，对于教育者来说，这是很遗憾的事情。教有所得，教有所疑，适时整合，才能促进教育思想内涵的积淀与成型。因此，我总结自己在教育中的点点滴滴，用写新闻的那种热情与执着来揣摩教学的过程，记录教学中的闪光点，思索失误的原因，将对教育的心路历程用论文的叙事方式告诉大家。时间久了，写得多，从而发得也多，在写作的成长中，我开始形成了自己独特的教学风格。

记得任教五年级的时候，我结合自己在分数教学中的独特体会，最终形成了《分数的意义教学研究报告》一文，《湖南教育》用四个整版刊登，并在封面做了推介。随后对于教学的探索愈显用心，只要教学中有灵光的闪动，有思想火花的迸射，有认真的深刻反思，经过一番精心的构思，于是就有了《神奇作文背后的反思》《质疑是对语文教学的一种拯救》等各类论文30多篇在《湖南教育》上发表。

写作有如打开了一个七彩魔盒，从此《中国教育报》《中国教师报》《科教新报》《中小学素质教育》等报纸杂志也不断刊用我的文章，让我的写作能力得到最好的展示。从写新闻练笔到论文的全面开花，写作改变了人生的精神格局，促使我朝着更期待的人生目标奔跑。我知道面向太阳，才能看到前进的曙光。人生只要努力，一切皆有可能。

逐梦文学涂底色，心怀世界天地宽。在新闻写作方面已经小有成绩，论文这个难以逾越的堡垒，我通过努力已实现了成功的突破。"无欲常教心似水，有言自觉气如霜。"我认为自己不能小满则止，只有看到更远的风景，人生才更有意义。在不放弃写新闻、做论文的前提下，我要给自己的人生多涂点丰厚的底色，让自己的生活更充实，从而在广阔的文学天地里自由翱翔。

逐梦文学，这是人生最期待的另一个新起点。业余时间，我喜欢用生命来进行写作，用执着来演绎文字的故事。不管事务多繁忙，我从未停下过手中不算灵活的秃笔，将记录生活、直抒胸臆当作每天最快乐的事，有时挑灯夜战冷落亲人，有时灵感勃发让人感觉生活反常。如此种种对写作的执着与坚守、疯狂与痴迷，让我对生活保持着敏锐感受。生活从不亏待真正钟爱它的人，多年来我前后写出了《我就是那个奇葩》《走过心的荒原》《抹不去的记忆》《人性的弱点》《红尘遗梦》等多部网络长篇小说，其中《走过心的荒原》（原名《永恒之雨》）是第二部，并在2019年湖湘教师写作征文大赛中荣获三等奖。

生活本就绚丽多姿，写作也就会变得丰富多彩，我偶尔也涉足散文，于是《爱心的救赎》《最美风景在心态》等教育叙事散文也不时涌出笔端，先后发表在《湖南教育》《科教新报》等报刊上。其中《我和孩子有个美丽的约会》《岁月如歌，师恩难忘》等多篇在全国各级征文中获大奖。

写作照亮前行路，一个脚窝一支歌。爱涂鸦喜欢幻想也促进了文风的改变，我尝试着业余用快手写出了大量的小诗，先后编成了《人生，没有如果》《生活就如一首歌》等小辑。后进驻中国诗歌网，坚持每天练笔，用文字记录生活，从去年至今已发表小诗数百首。这些青涩小诗虽然平淡，质量不高，却体现了我痴迷写作的精神追求。

写教育时评，我也有不俗表现，先后有《高考不是终点，而是新的起点》《原谅孩子，是一种最美的成全》《变了味的留痕考核当慎用》等多篇被《中国教育报》及湖南教育网选用，并获国家级及省级优秀评论二等奖，我还两次被评为省优秀评论员。人生因写作而变得丰盈，生活因勤勉而精彩。

有人说"砍柴不缚，等于没研"。在岁月的沧桑里，用心血敲击键盘，写出了大量的文字，刊载了无数的文章，但至今没有一本真正出版的图书，这是人生的一种遗憾。冷静思之，没有整理好自己的文集，心里确实有种空落落的感觉。于是就有了先出一本小说的念想。《走过心的荒原》就是在《永恒之雨》的基础进行修改完善的，虽然青涩，但也是耗费了自己十多年心血创作出来的，数次增删修改，充实润色，才勉强成为现在的样子，或许只会让人掩卷而笑，翻不起一朵浪花；或许能带给你些许的启迪和安慰，让世界变得更加美好。毕竟这是我出版的第一部处女作，希望这个出生在新时代略显稚嫩的孩子能得到大家的呵护。

走出了第一步，就会有全新的开始。人生没有等待中的辉煌，只有走出来的精彩。我相信，写作永远没有终点，需要经历磨炼和严峻的考验，我会继续写作，不负韶华，不辍笔耕，做最好的自己，展最美的芳华。

此书的顺利出版得到了中国作协和湖南省作协知名作家吴昕孺、何宇红以及陈建平等好友的不吝指教和推介，在此一并衷心感谢。作品中肯定也会存在诸多的不足，敬请读者多提宝贵意见，以臻小说的更加完美，谨以此作为后记，谢谢！

钟愧傲

2021 年 3 月 12 日于湖南平江